読書感想文

書き方ドリル2020

大竹稽 著

Discover

はじめに

こんにちは！　みなさん、一年《いちねん》ぶりですねぇ。

今年《ことし》もみなさんのお役《やく》に立《た》たせていただきます！

読書感想文《どくしょかんそうぶん》、毎年《まいとし》やっていますか？　それとも、去年《きょねん》から？　それとも、今年初《ことしはじ》めて？

どんな人《ひと》でもウェルカム！　まず、大切《たいせつ》なことを伝《つた》えておこう！

読書感想文《どくしょかんそうぶん》が、なけてしまうくらいムリなら、最初《さいしょ》からやらないほうがいい。読書感想文《どくしょかんそうぶん》は、しぶしぶやるものではない。ほかの宿題《しゅくだい》とちがって、きっと自主選択《じしゅせんたく》になっていると思《おも》う。だから、「やってもいいし、やらなくてもいい」課題《かだい》だ。でも、ほかの課題《かだい》と大《おお》きくちがうところがある。何《なに》かわかる？

ほかの課題《かだい》は、正《ただ》しい答《こた》えを書《か》かなきゃいけない。まちがった答《こた》えばかりテキトーに書《か》いても、ミッションクリアにはならないよね？

でも、読書感想文《どくしょかんそうぶん》はちがうぞ！

読書感想文《どくしょかんそうぶん》で求《もと》められるのは、正《ただ》しい答《こた》えではなく、きみが「何《なに》を、どのように考《かんが》えたか？」、これだ。

がむしゃらに正《ただ》しい答《こた》えを書《か》こうとすると、読書感想文《どくしょかんそうぶん》はますますつまらないものになっちゃうぞ！

実《じつ》は、**読書感想文《どくしょかんそうぶん》は、あそびの一種《いっしゅ》だ！**　だから、楽《たの》しくなくっちゃ！　それに、一人《ひとり》でやるものでもない！　お母《かあ》さんやお父《とう》さん、または仲間《なかま》たちとわいわい話《はな》しながら、やっていくのも楽《たの》しいぞ。

だから、「あそび」なんだよね。「早《はや》く終《お》わらせて、あそびにいきたい」だって？　いやいや、あそびは目《め》の前《まえ》にあるじゃないか！

ところで、「あそび」にはルールがある。同《おな》じように、読書感想文《どくしょかんそうぶん》にもルールがある。

五《いつ》つあるルールが、これだ。

【読書感想文《どくしょかんそうぶん》でやってはいけない　五《いつ》つのこと】

1　いきなり読《よ》むのはNG
2　きれいに読《よ》むのはNG
3　一人《ひとり》で考《かんが》えるのはNG
4　正解《せいかい》を考《かんが》えるのはNG
5　いきなり書《か》くのはNG

「**1　いきなり読《よ》むのはNG**」。多《おお》くの子《こ》どもたちがこのNGをおかしてしまうんだけど、まずは表紙《ひょうし》の絵《え》や裏《うら》を、味《あじ》わってみようよ！ってこと。じつは、こんなところに、読書感想文《どくしょかんそうぶん》のヒントがかくれているんだよ！

「**2　きれいに読《よ》むのはNG**」。ぼくがきみたちに伝《つた》えたいことを一《ひと》つだけ選《えら》ぶとすると、この言葉《ことば》につきる。読書感想文《どくしょかんそうぶん》はワンダフルだ。つまり、「ワンダー」がいっぱい！「ワンダー」は「！」と「？」の二《ふた》つでできている。**「！＝感動《かんどう》のわくわく」**と**「？＝疑問《ぎもん》のもやもや」だ。**これをたくさん見《み》つけていこうよ！この**「！」と「？」が、感想文《かんそうぶん》の決《き》め手《て》となるんだ。**これは、料理《りょうり》の下《した》ごしらえと同《おな》じ。すてきな読書感想文《どくしょかんそうぶん》を書《か》いて、読《よ》んでくれた人《ひと》が**「ワンダフル！」**と叫《さけ》んじゃうかどうかも、この下《した》ごしらえにかかっている！

だから、**「！」と「？」をどんどん見《み》つけて、本《ほん》にチェックしていこう！**

「**3　一人《ひとり》で考《かんが》えるのはNG**」ってのは、仲間《なかま》や家族《かぞく》といっしょに考《かんが》えよう、ということだけではない（もちろん、それもオススメだけどね）。インターネットや、図書館《としょかん》の別《べつ》の本《ほん》などで、むかしの人《ひと》や生《い》きている人《ひと》、日本以外《にほんいがい》の人《ひと》など、いろんな人《ひと》の話《はなし》も聞《き》いてみようよってことだ。

「**4　正解《せいかい》を考《かんが》えるのはNG**」。**「読書感想文《どくしょかんそうぶん》に正解《せいかい》なんてない！」**。これはもう、断言《だんげん》する！読書感想文《どくしょかんそうぶん》のおもしろさは、何《なに》よりも「考《かんが》える」ところにある。「正《ただ》しい答《こた》え」を出《だ》すのではなくて、「考《かんが》える」ことを楽《たの》しもう！

「**5　いきなり書《か》くのはNG**」。このルールは、読書感想文《どくしょかんそうぶん》だけでなく、きみの人生《じんせい》、これからもずっともっておくといい。大学入試《だいがくにゅうし》でも仕事《しごと》での発表《はっぴょう》でも、何《なん》にでも通《つう》じるルールだ。テーマやすじ道《みち》をしっかり準備《じゅんび》しないと、何《なに》も始《はじ》まらないぞ！（くわしくは、第《だい》1章《しょう》で話《はな》そうね）

さて、きみが選《えら》んだ課題図書《かだいとしょ》は何《なに》かな？　では、また後《あと》で会《あ》おう！

もくじ

第《だい》2章《しょう》

2020年《ねん》夏《なつ》の課《か》題《だい》図《と》書《しょ》徹《てっ》底《てい》読《どっ》解《かい》

第《だい》1章《しょう》

「書《か》き方《かた》」がわかれば、読《どく》書《しょ》感《かん》想《そう》文《ぶん》なんてへっちゃらだ！

まずは、準備《じゅんび》だ！

アテンションプリーズ！

いきなり問題《もんだい》に取《と》りかからないで！

それでは、面倒《めんどう》くさい気持《きも》ちが丸見《まるみ》えだ！　本文《ほんぶん》にも何度《なんど》か書《か》いているけど、「下《した》ごしらえ」をしっかりしない人《ひと》は、いつまでたってもなにごとも成《な》し遂《と》げられない。

勉強《べんきょう》だって同《おな》じだし、この読書感想文《どくしょかんそうぶん》だって同《おな》じだ。下《した》ごしらえをさぼってしまうことで、面倒《めんどう》なことがもっと面倒《めんどう》になってしまう。

しかも、何《なん》の学《まな》びもないまま、ただキライな宿題《しゅくだい》がもっとキライになって終《お》わってしまうだろう。

まずは、準備《じゅんび》をしっかりしよう！

当《あ》たり前《まえ》だけど、作品《さくひん》をしっかり読《よ》む！（この「**しっかり**」については、それぞれの作品《さくひん》のページで

説明《せつめい》するから、お楽《たの》しみに）

その後《あと》で、本文《ほんぶん》の「すらすらドリル」の問題《もんだい》を見《み》よう。この順番《じゅんばん》をまちがえないようにね。

すぐに解《と》けなくてもだいじょうぶ！　そんなときは、ドリルの後《あと》の「解答例《かいとうれい》と解説《かいせつ》」を読《よ》んでみてね。

「解説《かいせつ》」には、それぞれの作品《さくひん》の読《よ》むべきところや、それぞれの問題《もんだい》の解答例《かいとうれい》やヒントが書《か》かれている。

そこには、ぼくの解答例《かいとうれい》も書《か》いておいたけど、それを丸写《まるうつ》しするのはナシだよ!!（きみはそんなこと絶対《ぜったい》にしないと信《しん》じてるけど）

まじめに考《かんが》えて答《こた》えていけば、きっと、**読書《どくしょ》が好《す》きなきみは、さらに読解《どっかい》が深《ふか》くなるだろう。**
読書《どくしょ》が苦手《にがて》なきみにも、それが早道《はやみち》になる。「急《いそ》がば回《まわ》れ」ってね。

さて、ぼくはこれからきみたちと、一《ひと》つの作品《さくひん》を書《か》き上《あ》げることになる。
主役《しゅやく》はきみたち。ぼくは作品完成《さくひんかんせい》までの案内人《あんないにん》だ。
それでは……レッツゴー!!!

STEP 1

本《ほん》を読《よ》んだら、「6つの質問《しつもん》」を見《み》よう

課題図書《かだいとしょ》はちゃんと読《よ》んだかな？
読《よ》み終《お》わったら、次《つぎ》の6つの問題《もんだい》を見《み》よう！

Q1
あらすじ
この本《ほん》は、どういう話《はなし》だったかな？　かんたんなあらすじを書《か》いてみよう。

Q2
注目《ちゅうもく》したところ・「おもしろい！」と思《おも》ったところ
本《ほん》の中《なか》で、きみが注目《ちゅうもく》した人《ひと》、言葉《ことば》、場面《ばめん》をあげてみて。

Q3
テーマ
この本《ほん》のテーマは何《なん》だと思《おも》う？

Q4

じっくり考《かんが》えてみたいこと（問題提起《もんだいていき》）

この本《ほん》を読《よ》んで考《かんが》えてみたいことは何《なに》かな？

Q5

比《くら》べてみた体験《たいけん》、むかし話《ばなし》やぐう話《わ》

この本《ほん》の内容《ないよう》を、きみが知《し》っているむかし話《ばなし》やぐう話《わ》と比《くら》べてみよう。もちろん、きみ自身《じしん》で見《み》つけてきた、課題図書《かだいとしょ》に近《ちか》い物語《ものがたり》や体《たい》験《けん》でもオッケーだ！

Q6

意見《いけん》・答《こた》え

Q4で書《か》いた問題《もんだい》に、きみならどのような答《こた》えを出《だ》すかな？

それぞれの質問《しつもん》に、**自分《じぶん》の言葉《ことば》で答《こた》えること！**
わからないところがあったら、飛《と》ばしてもいいよ。
本文中《ほんぶんちゅう》に解答欄《かいとうらん》があるから、そこに書《か》き込《こ》んでね。

STEP 2

質問《しつもん》に、自分《じぶん》の言葉《ことば》で答《こた》えよう

おっと、この6つの質問《しつもん》にどう答《こた》えればいいか、わからない人《ひと》もいるよね。では、そういう人《ひと》のために、ぼくがちょっとやり方《かた》をお見《み》せしよう。ぼくが選《えら》んだのは、**『さかさま』**という絵本《えほん》だ。

Q1

「赤《あか》い星《ほし》」と「青《あお》い星《ほし》」の人々《ひとびと》は、それぞれ幸《しあわ》せにくらしていた。

しかし、赤《あか》い星《ほし》の人《ひと》は青《あお》い星《ほし》からくるにおいが、青《あお》い星《ほし》の人《ひと》は赤《あか》い星《ほし》からくるけむりが気《き》になってきた。

このにおいとけむりは、元《もと》はと言《い》えば、それぞれ自分《じぶん》たちの幸《しあわ》せを追《お》い求《もと》めた結果《けっか》、生《う》まれたものだった。でも、お互《たが》いにとっては、とても迷惑《めいわく》なものだ。

そのうちにがまんができなくなり、戦《たたか》いが始《はじ》まってしまった。

Q2

赤《あか》い星《ほし》、青《あお》い星《ほし》の人《ひと》が最後《さいご》に同時《どうじ》につぶやく、「ねえ、なにがいけなかったのか、きみにはわかる？　おねがいだから、いっしょにかんがえて」。

Q3

「正《ただ》しさ」「正義《せいぎ》」

Q4

ある行動《こうどう》が「正《ただ》しい」かどうかは、だれが決《き》めるのか

Q5

「アリとキリギリス」

夏《なつ》の間《あいだ》、ずっと遊《あそ》んでいたキリギリスは、冬《ふゆ》に食《た》べ物《もの》がなくなり、アリに食《た》べ物《もの》をもらおうとした。

しかし、アリはそれをことわった。

このアリの態度《たいど》は、アリからすると正義《せいぎ》かもしれないが、キリギリスにとっては残《ざん》こくだ。

Q6

「正《ただ》しさ」は絶対《ぜったい》のものではない。何《なに》が正《ただ》しいかは人《ひと》によってちがう。わたしが正《ただ》しいと思《おも》っていることが、ほかのだれかにとっても「正《ただ》しい」とは限《かぎ》らない。

自分《じぶん》が思《おも》う「正《ただ》しさ」を、人《ひと》に押《お》しつけないようにしようと思《おも》う。

STEP 3

解答《かいとう》をつなげると、感想文《かんそうぶん》ができちゃった!!

できたかな？　では、いよいよ原稿用紙《げんこうようし》を取《と》り出《だ》そう！

先《さき》ほど書《か》いた答《こた》えを、次《つぎ》のように順番《じゅんばん》に原稿用紙《げんこうようし》に並《なら》べてみよう。

すると、あら不思議《ふしぎ》！　**あっという間《ま》に感想文《かんそうぶん》が書《か》けちゃった!!**

Q1

『さかさま』を読《よ》んで

4年《ねん》1組《くみ》　大竹《おおたけ》けい

「赤《あか》い星《ほし》」と「青《あお》い星《ほし》」の人々《ひとびと》は、それぞれ幸《しあわ》せにくらしていました。

しかし、赤《あか》い星《ほし》の人《ひと》は青《あお》い星《ほし》からくるにおいが、青《あお》い星《ほし》の人《ひと》は赤《あか》い星《ほし》からくるけむりが気《き》になってきました。

このにおいとけむりは、元《もと》はと言《い》えば、それぞれ自分《じぶん》たちの幸《しあわ》せを追《お》い求《もと》めた結果《けっか》、生《う》まれたものでした。でも、お互《たが》いにとっては、とても迷惑《めいわく》なものなのです。

そのうちにがまんができなくなり、戦《たたか》いが始《はじ》まってしまったという話《はなし》です。

Q2

わたしは、この本《ほん》の最後《さいご》で、赤《あか》い星《ほし》、青《あお》い星《ほし》の人《ひと》が同時《どうじ》につぶやく、「ねえ、なにがいけなかったのか、きみにはわかる？　おねがいだから、いっしょにかんがえて」という言葉《ことば》が印象《いんしょう》に残《のこ》りました。

Q3

そこで、わたしは「正《ただ》しさ」「正義《せいぎ》」ということについて考《かんが》えてみたいと思《おも》います。

Q4

ある人《ひと》の行動《こうどう》が「正《ただ》しい」かどうかは、だれが決《き》めるのでしょうか？

Q5

たとえば、「アリとキリギリス」で、夏《なつ》の間《あいだ》ずっと遊《あそ》んでいたキリギリスは、冬《ふゆ》に食《た》べ物《もの》がなくなり、アリに食《た》べ物《もの》をもらおうとしました。しかし、アリはそれをことわりました。このアリの態度《たいど》は、アリからすると正義《せいぎ》かもしれませんが、キリギリスにとっては残《ざん》こくなものです。

Q6

「正《ただ》しさ」は絶対《ぜったい》のものではなく、何《なに》が正《ただ》しいかは人《ひと》によってちがうということでしょう。わたしが正《ただ》しいと思《おも》っていても、ほかのだれかにとって「正《ただ》しい」とは限《かぎ》らないということに気《き》づきました。

この本《ほん》を読《よ》んで、わたしは、自分《じぶん》が思《おも》う「正《ただ》しさ」を、人《ひと》に押《お》しつけないようにしようと思《おも》いました。

書《か》き出《だ》しを工夫《くふう》しよう！

ここまで、「あらすじ」から書《か》きはじめるパターンを紹介《しょうかい》してきたけど、もちろん、ほかのことから書《か》きはじめてもいいよ。

たとえば、こんな方法《ほうほう》もある。

① 「もしも」で始《はじ》める
② 「きっと」で始《はじ》める
③ 文中《ぶんちゅう》の一場面《いちばめん》をぬき出《だ》して書《か》きはじめる
④ 文中《ぶんちゅう》のセリフをぬき出《だ》して書《か》きはじめる
⑤ きみの体験《たいけん》から書《か》きはじめる
⑥ 最近《さいきん》の事件《じけん》や出来事《できごと》から書《か》きはじめる
⑦ いきなり結論《けつろん》から書《か》きはじめる

読書感想文《どくしょかんそうぶん》は、本《ほん》のあらすじから始《はじ》めないといけないというきまりはない。

余裕《よゆう》があるきみは、いろんな書《か》き方《かた》を試《ため》してみよう！

第《だい》2章《しょう》 2020年《ねん》 夏《なつ》の課《か》題《だい》図《と》書《しょ》 徹《てっ》底《てい》読《どっ》解《かい》

山《やま》のちょうじょうの木《き》のてっぺん

最上一平《もがみいっぺい》 作《さく》　有田奈央《ありたなお》 絵《え》
新日本出版社《しんにほんしゅっぱんしゃ》

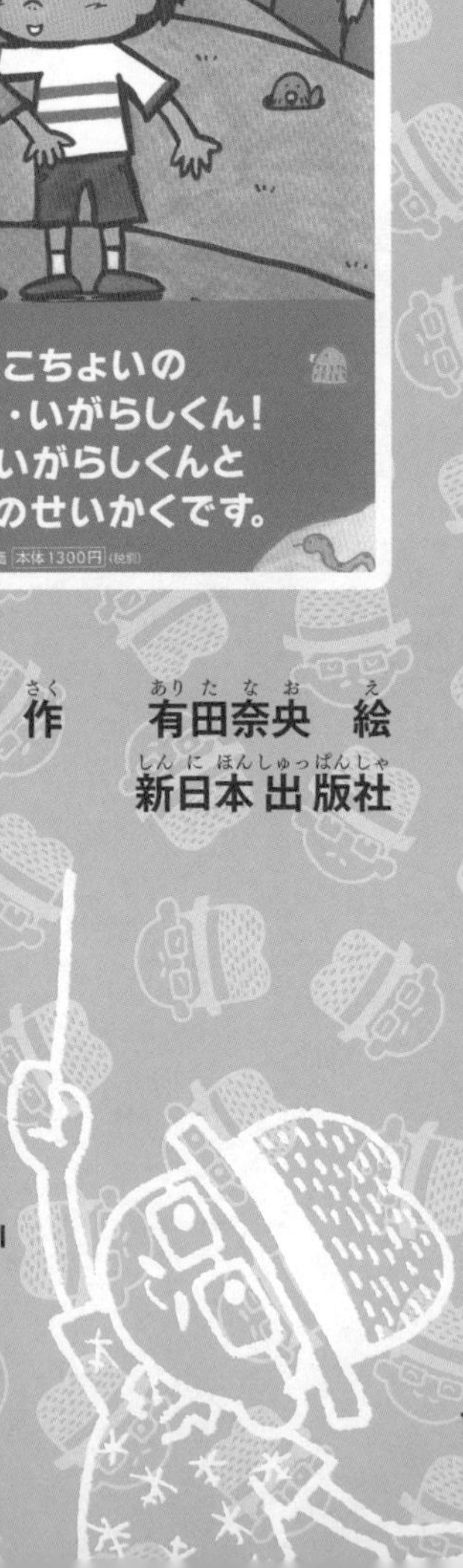

Q1

あらすじを書《か》こう！

この本《ほん》は、どういう話《はなし》だったかな？　かんたんなあらすじを書《か》いてみよう。

Q2

ちゅう目《もく》したところは？

本《ほん》の中《なか》で、きみがちゅう目《もく》した人《ひと》、ことば、場《ば》めんをあげてみて。

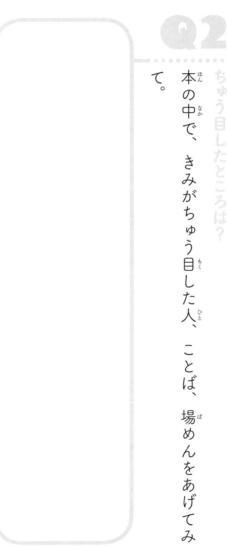

すぐに答《こた》えのれいを見《み》ないで、
自分《じぶん》の言葉《ことば》で答《こた》えよう！

Q3

この本《ほん》のテーマは何《なに》？

この本《ほん》のテーマは何《なん》だと思《おも》う？

Q4

この本《ほん》を読《よ》んで考《かんが》えてみたいことは？

この本《ほん》を読《よ》んで考《かんが》えてみたいことは何《なに》かな？
しつもんの形《かたち》で書《か》いてみよう。

Q5

体《たい》けん、あるいはくらべて読んだむかし話《ばなし》は？

この本《ほん》のないようを、きみが知《し》っているむかし話《ばなし》やぐう話《わ》とくらべてみよう。もちろん、きみ自《じ》しんで見《み》つけてきた、かだい図書《としょ》に近《ちか》い物語《ものがたり》や体《たい》けんでもオッケーだ！

Q6

きみのいけんは何《なに》？

Q4で書《か》いたもんだいに、きみならどのような答《こた》えを出《だ》すかな？

答《こた》えのれいとせつめい

【スタートの前《まえ》に】


『山《やま》のちょうじょうの木《き》のてっぺん』、か。

きみはなんで、この本《ほん》をえらんだのかな？

ひょう紙《し》がよかったって？　ぼくも思《おも》うよ。ほのぼのぉとした絵《え》だね。気《き》もちもぽかぽかあたたかくなってきそうだ。

男《おとこ》の子《こ》が二人《ふたり》いるねぇ。友《とも》だちかな？　もぐら？　なんでもぐら？

この絵《え》と、「山《やま》」ということから考《かんが》えると、しぜんが多《おお》いいなかでの話《はなし》かな？


ところで、ひょう紙《し》にもちゃんとメッセージがあるということ、《はじめに》にも書《か》いているよね。読《よ》んでくれたかな？

「**いきなり読《よ》む**」**こと、きん止《し》**！だよ。ひょう紙《し》の「おもて」も「うら」も、「そで」もていねいに読《よ》んでいこうね。「そで」とはカバーのおり返《かえ》しのところだよ。

ということで、「うら」も見《み》てみよう！　しゃしんだ！

男《おとこ》の子《こ》とわんちゃん。男《おとこ》の子《こ》は、ひょう紙《し》にもいたね。

つぎに、「そで」を見《み》てみよう。こんなことが書《か》いてある。

いそげ! にしやんのところの犬《いぬ》・ごんすけが死《し》にそうです。

うらの絵《え》にいたわんちゃんが、きっとごんすけなんだね。おもてにもうらにもいた男《おとこ》の子《こ》は、きっとにしやんだ。

じゃあ、もう一人《ひとり》の男《おとこ》の子《こ》は、だれだ?

本文《ほんぶん》を読《よ》みはじめる前《まえ》に、たくさんの「?」を見《み》つけられたかな?

それができたら、本文《ほんぶん》を読《よ》んでいこう。

本文《ほんぶん》でも、たくさんの「?」や「!」をチェックしながら読《よ》んでいこうね。

Q1 あらすじを書《か》こう!

答《こた》えのれい ― あらすじのれいは、せつめいのさいごに書《か》いておこう。

さて、いよいよ《あらすじ》にチャレンジだ!

一年生《いちねんせい》か二年生《にねんせい》のきみは、まだ、《あらすじ》ってのを書《か》いたことがないかもしれない。でもあんしんして！

まず、《あらすじ》チャレンジの前《まえ》に、きみにしつもんだ。

何《なん》回《かい》、読《よ》んだかな？


「**きれいに読《よ》む**」**こと、きん止《し》**！だよ。本《ほん》を読《よ》みながら、「**！＝感《かん》どうのわくわく**」と「**？＝ぎもんのもやもや**」を本《ほん》にチェックしていこう。

ぼくは、「感《かん》そう文《ぶん》が書《か》けない！！！」と苦《くる》しむ子《こ》たちを見《み》てきた。

その子《こ》たちの大半《たいはん》は、一回《いっかい》しか読《よ》んでない。

しかも、ただただなんとなぁく、早《はや》くおわらせたい気《き》もちだけが先《さき》走《ばし》って、読《よ》みおえてしまっている。

それじゃあ、感《かん》そう文《ぶん》など、書《か》けるはずない。

感《かん》そう文《ぶん》も、楽《たの》しくやらなきゃ！

だから、少《すく》なくとも二回《にかい》は読《よ》んでみようよ。


さて、いよいよ《あらすじ》だ。

《あらすじ》はつちょうせん！かもしれないきみに、ナイショでステキな方法《ほうほう》を教《おし》えよう。

「この本《ほん》、こんな話《はなし》だったんだよ！」と**だれかに話《はな》してみよう！**

すぐにおわらせたい気《き》もちなら、
しんこきゅうして
またチャレンジしよう！

お母《かあ》さん、お父《とう》さん、あるいは友《とも》だちに、「こんな話《はなし》だったんだよ！」を伝《つた》えるんだ。

「え？」「もうちょっとわかりやすくして」とか、「それってどういうこと？」なんて、聞《き》いてくれた人《ひと》からのしつもんがあったら、それらにちゃんと答《こた》えていこう。

きっと、二《に》、三回《さんかい》くり返《かえ》せば、すてきな《あらすじ》が書《か》けるはず。

さいごに、《あらすじ》のヒントをプレゼントしておこうね。

ひょう紙《し》にいた二人《ふたり》の男《おとこ》の子《こ》。いがらしくんとにしやんだ。

にしやんは、あまり体《からだ》をうごかすことがすきじゃない。人《ひと》と話《はなし》をするのもにが手《て》。

いがらしくんは、にしやんとせいはんたいのせいかくだ。そんないがらしくんは、にしやんにときどきふざけてくる。

夏休《なつやす》みが近《ちか》いある日《ひ》。にしやんがなにかへんな感《かん》じだった。にしやんのところの犬《いぬ》、ごんすけが死《し》にそうなのだ。いがらしくんも、にしやんの家《いえ》に、いっしょに行《い》った。

にしやんはいがらしくんに、ごんすけが生《う》まれた長野県《ながのけん》の栄村《さかえむら》の話《はなし》をした。山《やま》の中《なか》の村《むら》だ。ごんすけは、死《し》んだら栄村《さかえむら》に帰《かえ》るのだろう。

Q2 ちゅう目《もく》したところは？

答《こた》えのれい　ごんすけが死《し》ぬのは、こわいかんじがして、ゾクゾクしました。そして、こわいけれど、どうやって死《し》ぬのか、みてみたいともおもいました。

《？＝ぎもんのもやもや》

きみには、ごんすけのような、大切《たいせつ》なペットはいるかな？　そのペットが死《し》ぬのはこわい？

ぼくが小学生《しょうがくせい》のころ、シェパード（犬《いぬ》）をかっていたんだよ。そのシェパードが死《し》んじゃったときは、一日《いちにち》じゅう、ないていたなぁ。

でも、こわいという感《かん》じはまったくしなかった。

ところで、学校《がっこう》では「**？＝ぎもん**」なんてもたないほうがいい、と教《おし》えられていないかな？　「？」だとわかりません、と言《い》うことになるからね。

でも、読《どく》書《しょ》感《かん》そう文《ぶん》では、「**？＝もやもや**」が大事《だいじ》なんだよ。「？」をたくさん見《み》つけて、その中《なか》から自分《じぶん》がもっとも考《かんが》えやすい（書《か》きやすいのはダメ）、つまり、お母《かあ》さんやなかまたちと、話《はな》したいところをえらぶんだ！

どうして、いがらしくんは「死《し》ぬのはこわい」と感《かん》じたんだろう？
きみは、「死《し》ぬのはこわい」と感《かん》じたことはある？

《！＝感《かん》どうのわくわく》

つづいて「**！**」。きみが感《かん》どうしたところをえらんでみよう！
にしやんが、こんなことを言《い》ってるよ。

「ぼくさ、もしごんすけが死《し》んだって、ごんすけは、じいちゃんのいた栄村《さかえむら》にかえる気《き》がするんだ。山《やま》のちょうじょうに一本《いっぽん》の大《おお》きな木《き》があるんだけど、そこはいつも、風《かぜ》がふいているんだよ。その木《き》のてっぺんにふいている風《かぜ》が、ごんすけのような気《き》がするんだあ」

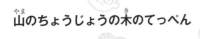

となりのページには、木《き》の上《うえ》にいる、木《き》より大《おお》きな、雲《くも》のようなごんすけがかかれているね。
このセリフの前《まえ》に、にしゃんはこんなことも言《い》っている。

「ごんすけは、死《し》んだって、死《し》なないんだよ」

どう？　きみはこの気《き》もち、きょう感《かん》できるかな？
ぼくには通《つう》じるところがある。大切《たいせつ》にしていたペット、そして大切《たいせつ》な人《ひと》って、いつもぼくをどこかで見守《みまも》っていてくれるように感《かん》じるんだよね。もちろん、すがたは見《み》えないけどね。

でも、なんでごんすけは、にしゃんの家《いえ》の近《ちか》くにいようとしないんだろうね？
なんで、自分《じぶん》が生《う》まれたところに帰《かえ》ると、にしゃんは考《かんが》えているんだろう？

Q3 この本《ほん》のテーマは何《なに》？

答《こた》えのれい「**ふるさと**」「**たましい**」

さて、つぎは読《どく》書《しょ》感《かん》そう文《ぶん》の「テーマ」を考《かんが》えよう。きみが【ちゅう目《もく》したところ】には、どんなテーマがひそんでいるかな？

テーマがあることで、きみの作《さく》ひんは、よりしっかりしたものになる。

テーマをぼんやーりさせてしまうと、作《さく》ひんもぼんやーりしたものになってしまう。

テーマは読《どく》書《しょ》感《かん》そう文《ぶん》のはしらのようなものだからね。

ところで、「**正《ただ》しいことを書《か》かなきゃ**」なんて気《き》もち、もしもっていたら、そんなものはすてしまおう！

読《どく》書《しょ》感《かん》そう文《ぶん》で求《もと》められるのは、「**正《ただ》しい意《い》見《けん》**」**じゃない**。**きみの体《たい》けん**だったり、**きみの思《おも》い**だったり、そういうのを読《よ》みたい。

だから、きみの体《たい》けんや思《おも》いに通《つう》じるテーマをさがしてみよう！

・「ふるさと」

「ぼくさ、もしごんすけが死《し》んだって、ごんすけは、じいちゃんのいた栄村《さかえむら》にかえる気《き》がするんだ」


こんなことを、にしやんが言《い》っていたね。

ごんすけはこの村《むら》に生《う》まれてそだった。それは、ごんすけにとって、帰《かえ》る場所《ばしょ》だったんだろうね。

そんな場所《ばしょ》を「**ふるさと**」というんじゃないかな？


ぼくにも、生《う》まれそだった場所《ばしょ》がある。まあなんというか、村《むら》でもなく、と会《かい》でもない、なんとなく中《ちゅう》とはんぱなところだけど、ぼくにとっての「ふるさと」なのかもしれない。

でも、まだなにかちがう気《き》がする。

ただの生《う》まれそだったところなら、「出身地《しゅっしんち》」でいいんじゃない？

でも、ぼくはぼくの出身地《しゅっしんち》に帰《かえ》ろうとは思《おも》わない。

きみにとって、「ふるさと」はどんなところかな？

あるいは、「ふるさと」ってことばは、どんないみをもっていると思《おも》うかな？

・「たましい」

「ごんすけは、死《し》んだって、死《し》なないんだよ」

これは、どういういみだろう？「死《し》んでも死《し》なない」なんてこと、おかしいよね？

ひとつ、思《おも》いうかんだのが「たましい」ってものだ。

ゆうれいとか、もののけとか、ちょっとこわいものは遠《えん》りょしておいて、「たましい」だ。

天国《てんごく》とか、ごく楽《らく》とか、こういうのももんだいにしないで、そうだな……。

きみの大切《たいせつ》な人《ひと》や、大切《たいせつ》なペットが、死《し》んでからもきみを見守《みまも》っている。それを「**たましい**」ってよんでみようか？

「たましい」がじっさいにあるとかないとか、これももんだいにしないでおこう。

でも、ぼくたちを「見守《みまも》ってくれるもの」がいてくれたら、どうだろう？

おはかまいりに行《い》くのも、ご先《せん》ぞさまと会《あ》える、話《はなし》ができる、なんて気《き》もちになったりしないかな？

それで、「いつもありがとね」とお礼《れい》を言《い》ったり、「これからも、みんなを見守《みまも》っていてくださいね」とおねがいしたり。

にしやんにとってごんすけも、こんな存在《そんざい》になったように思《おも》う。

それが、「**死《し》んだって、死《し》なない**」ということじゃないかな？

Q4 この本《ほん》を読《よ》んで考《かんが》えてみたいことは？

―答《こた》えのれい―「ふるさとってよく聞《き》くけど、ふるさとってどんなところだろう？　出身地《しゅっしんち》とどんなちがいがあるのだろう？」

「ふるさとがある人《ひと》がうらやましい。ふるさとがない人《ひと》は、死《し》んだらどこに帰《かえ》るんだろうか？」

長野県《ながのけん》栄村《さかえむら》について
しらべてみてもいいね！

「栄村《さかえむら》に帰《かえ》って、山《やま》のちょうじょうの木《き》のてっぺんにいるようになったごんすけは、どんな存在《そんざい》になったのだろう？」

Q5 体けん、あるいはくらべて読んだむかし話は？

―答《こた》えのれい―「お花《はな》じぞう」

読書感《どくしょかん》そう文《ぶん》には、きみの体《たい》けんがあったほうがいい。たしかに、ぼくの生《せい》とたちでも、「自分《じぶん》の体《たい》けん」を書《か》いた子《こ》どもたちが入《にゅう》しょうしている。

でもさ、親《した》しい人《ひと》が死《し》んでいたり、せんそうをしていたりするかだい図書《としょ》もある。「ケンカ」くらいの体《たい》けんならありそうだけど、そんなさ、「人《ひと》の死《し》」や「戦《せん》そう」の体《たい》けんなんて、やっぱりなかなかないよね。

そこで、ぼくからのアイデアをきみにプレゼント！　むかし話《ばなし》をつかって、体《たい》けんのかわりにするんだ。

とくに、日本《にほん》むかし話《ばなし》は、だれもが知《し》っている。そんなむかし話《ばなし》の

ほかのむかし話《ばなし》と
くらべてみてもいいよ！

教《おし》えを、きみの読《どく》書《しょ》感《かん》そう文《ぶん》にもとうじょうさせちゃおう！　それで、体《たい》けんのかわりができるぞ！

このかだい図《と》書《しょ》のテーマにつながる日《に》本《ほん》むかし話《ばなし》は、「**お花《はな》じぞう**」だ。

ちょっとかなしいむかし話《ばなし》だ。きみは読《よ》んだことあるかな？　百《ひゃく》日《にち》ぜきにかかって死《し》んでしまった女《おんな》の子《こ》、それがお花《はな》だ。おばあちゃんと二人《ふたり》ぐらしだったんだけど、おばあちゃんのかなしみはもう、はかりしれない。

何《なん》日《にち》も何《なん》日《にち》も、お花《はな》のぶつだんの前《まえ》からうごけなかったんだけど、ようやく、おばあちゃんはおじぞうさんをほりはじめた。

それがお花《はな》じぞう。このおじぞうさんは、村《むら》を見《み》わたせるおかの上《うえ》におかれて、村《むら》の子《こ》どもたちを見《み》守《まも》るようになった。

『山《やま》のちょうじょうの木《き》のてっぺん』に通《つう》じるところはないかな？

Q6 きみのいけんは何《なに》？

答《こた》えのれい 「わたしたちには、目《め》に見《み》えるつながりのほかに、目《め》に見《み》えないつながりがある。

たとえば、おはかまいりをするのも、目《め》に見《み》えないつながりがあるからだ。このつながりは、大切《たいせつ》な人《ひと》たちとのつながりだと思《おも》う。大切《たいせつ》な人《ひと》たちは、体《からだ》がなくなってしまっても、わたしたちを見守《みまも》ってくれている。わたしたちを見守《みまも》ってくれる存在《そんざい》とは、目《め》に見《み》える形《かたち》でのやりとりはできないかもしれない。

わたしたちができるのは、『ありがとう』とお礼《れい》を言《い》うことだ。今《いま》のわかい人《ひと》たちは感《かん》しゃをわすれていると言《い》われるけれど、このような目《め》に見《み》えないつながりを感《かん》じることで、感《かん》しゃの心《こころ》もとりもどせるはずだ」

さて、さいごの一《いっ》ぽ。それは、【Q4　この本《ほん》を読《よ》んで考《かんが》えてみたいことは？】への、きみの答《こた》えだ。きみのいけんだ。

ここで「正《ただ》しい答《こた》え」を書《か》こうとしないで。お母《かあ》さんやお父《とう》さんと話《はなし》をしながら、きみが出《だ》した答《こた》え、それがおもしろいんだからね！

おれ、よびだしになる

文・中川ひろたか　絵・石川えりこ
おれ、よびだしになる
大相撲の世界に飛び込んだ少年を描く
ぼくがすきなのは、おすもうさんより「よびだし」さん！
よびだしの暮らし、仕事もわかる

中川《なかがわ》ひろたか　文《ぶん》
石川《いしかわ》えりこ　絵《え》
アリス館《かん》

Q1

あらすじを書《か》こう！

この本《ほん》は、どういう話《はなし》だったかな？　かんたんなあらすじを書《か》いてみよう。

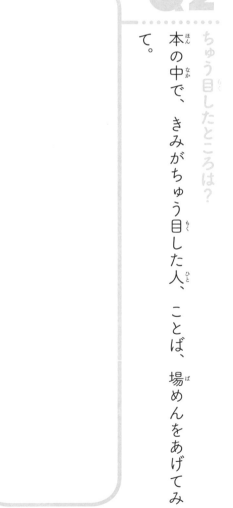

Q2

ちゅう目《もく》したところは？

本《ほん》の中《なか》で、きみがちゅう目《もく》した人《ひと》、ことば、場《ば》めんをあげてみて。

すぐに答《こた》えのれいを見《み》ないで、
自分《じぶん》の言葉《ことば》で答《こた》えよう!

Q3

この本《ほん》のテーマは何《なに》?

この本《ほん》のテーマは何《なん》だと思《おも》う?

Q4

この本《ほん》を読《よ》んで考《かんが》えてみたいことは?

この本《ほん》を読《よ》んで考《かんが》えてみたいことは何《なに》かな?
しつもんの形《かたち》で書《か》いてみよう。

Q5

体《たい》けん、あるいはくらべて読んだむかし話は？

この本《ほん》のないようを、きみが知《し》っているむかし話《ばなし》やぐう話《わ》とくらべてみよう。もちろん、きみ自《じ》しんで見《み》つけてきた、かだい図書《としょ》に近《ちか》い物語《ものがたり》や体《たい》けんでもオッケーだ！

Q6

きみのいけんは何《なに》？

Q4で書《か》いたもんだいに、きみならどのような答《こた》えを出《だ》すかな？

答《こた》えのれいとせつめい

【スタートの前《まえ》に】


まず、ひょう紙《し》を見《み》てみよう！

『おれ、よびだしになる』ってタイトルがある。

「よびだし」？　って何《なに》？　きみ、知《し》ってる？

おそらく、主人《しゅじん》こうの「おれ」の絵《え》があるね。

なんか、たくましい男《おとこ》の子《こ》だ。この子《こ》が、せんすをもって……？

まげをゆったはだかの、ガタイのデカイ男《おとこ》の人《ひと》がいるね。

もしかして、おすもうさん？

すると、「よびだし」って、あれのことかな？


ぼくは今《いま》、何《なに》を見《み》ているでしょう？

本文《ほんぶん》？　じゃないんだな。きみは？　もう、本文《ほんぶん》を読《よ》みおえた？

それはえらい。でも、もう一《いち》ど、「ひょう紙《し》」を見《み》てみよう。

《はじめに》に書《か》いていること、読《よ》んでくれたかな？　「**いきなり読《よ》む**」**こと、きん止《し》**！だよ。

「ひょう紙《し》」もていねいに見《み》て、読《よ》んで、感《かん》じていこうね。

本文《ほんぶん》を読《よ》みはじめる前《まえ》に、たくさんの「？」を見《み》つけられたかな？それができたら、本文《ほんぶん》を読《よ》んでいこう。本文《ほんぶん》でも、たくさんの「？」や「！」をチェックしながら読《よ》んでいこうね。

Q1 あらすじを書《か》こう！

答《こた》えのれい　あらすじのれいは、せつめいのさいごに書《か》いておこう。

さて、いよいよ《あらすじ》にチャレンジだ！

『**おれ、よびだしになる**』。このタイトルがそのまま、このものがたりについておしえてくれる。「**ぼく**」が「**いちばんすきだったのはよびだしさん**」。主人《しゅじん》こうの「ぼく」は、おすもうさんも大《だい》すきだけど、それいじょうによびだしさんがすきらしい。

ものがたりがどのようなしかけになっているか。まずは、主人《しゅじん》こうをかくにんしていこうね。

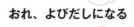

さて、一年生《いちねんせい》か二年生《にねんせい》のきみは、まだ、《あらすじ》ってのを書《か》いたことがないかもしれない。でもあんしんして！

まず、《あらすじ》チャレンジの前《まえ》に、きみにしつもんだ。本《ほん》を何《なん》回《かい》、読《よ》んだかな？


「きれいに読《よ》む」こと、きん止《し》！だよ。本《ほん》を読《よ》みながら、**「！＝感《かん》どうのわくわく」**と**「？＝ぎもんのもやもや」**にチェックしていこう。

「感《かん》そう文《ぶん》が書《か》けない！！！」と苦《くる》しむ子《こ》たちを見《み》てきた。その子《こ》たちの大半《たいはん》は、一回《いっかい》しか読《よ》んでない。しかも、ただただなんとなぁく、早《はや》くおわらせたい気《き》もちだけが先《さき》ばしって、読《よ》みおえてしまっている。

それじゃあ、感《かん》そう文《ぶん》など、書《か》けるはずない。

感《かん》そう文《ぶん》も、楽《たの》しくやらなきゃ！

だから、少《すく》なくとも二回《にかい》は読《よ》んでみようよ。

今《いま》、もし、「めんどーだから、すぐにおわらせたい！」、きみがそんな気《き》もちなら、読《よ》むのをやめてしまおう。外《そと》に出《で》て、リフレッシュだ！　気《き》もちも体《からだ》もリフレッシュしよう！

それからまた、《あらすじ》チャレンジをしてみよう。

さて、《あらすじ》はつちょうせん！かもしれないきみに、ナイショでステキな方法《ほうほう》をおしえよう。

「この本《ほん》、こんな話《はなし》だったんだよ！」と**だれかに話《はな》してみよう！**

お母《かあ》さん、お父《とう》さん、あるいは友《とも》だちに、「こんな話《はなし》だったんだよ！」を伝《つた》えるんだ。

「え？」「もうちょっとわかりやすくして」とか、「それってどういうこと？」なんて、聞《き》いてくれた人《ひと》からのしつもんがあったら、それらにちゃんと答《こた》えていこう。

きっと、二《に》、三回《さんかい》くりかえせば、すてきな《あらすじ》が書《か》けるはず。

さいごに、《あらすじ》のモデルをプレゼントしておこうね。

よびだしさんにあこがれていた「ぼく」。ある日《ひ》、ぼくはテレビであこがれていたよびだしさんに会《あ》った。その人《ひと》のしごとをまぢかで見《み》て、ぼくはけついした。「おれ、よびだしになる」

さて、「ぼく」はこうしてよびだしを目《め》ざしはじめた。

よびだしさんって、いろんな仕事《しごと》があるんだね？　ただ、土《ど》ひょうでおすもうさんをよび出《だ》すだけではなかったんだ！

Q2 ちゅう目《もく》したところは？

答《こた》えのれい「にゅうもんしていちねんがたったころ。あるじゅんぎょうで、よびだしをしたら、おどろくほどいいこえがでた。おきゃくさんから『いいぞ、よびだし！』とこえがかかった。うれしかった。
そのあとつうろで、よこづなからこえをかけられた。『きみはいいこえをしてるなあ。りっぱなよびだしさんになれるよ』よこづなからほめられた。てんにものぼるきもち」

《！＝感《かん》どうのわくわく》

きみが感《かん》どうしたところをえらんでみよう！
ぼくは、「答《こた》えのれい」にあげた場《ば》めんをえらんでみた。

わかる！　この「てんにものぼるきもち」っての！　まさに、ゆめ見《み》ごこちってやつだね。

「ぼく」が目《め》ざしたよびだしのしごと。たくさんの「はじめて」をのりこえていったぼく。その「ぼく」に、よこづなが声《こえ》をかけてきた。

「りっぱなよびだしさんになれるよ」

ところで、きみには「なりたいもの」ってあるかな？

その「なりたい」のきっかけになった人《ひと》はいるかな？　「ぼく」には、あこがれのよびだしさんがいたよね。そんな人《ひと》、いるかな？

そして、この「ぼく」は、「なりたいもの」になるために、どのようにがんばったかな？

ここでちゅうい！　きみにもなりたいものがあるだろう。でも、「◯◯になりたい！　そのためにがんばる！」ではダメだぞ！　どんなふうにがんばるか！　それをつぎの【テーマ】で考《かんが》えていこう！

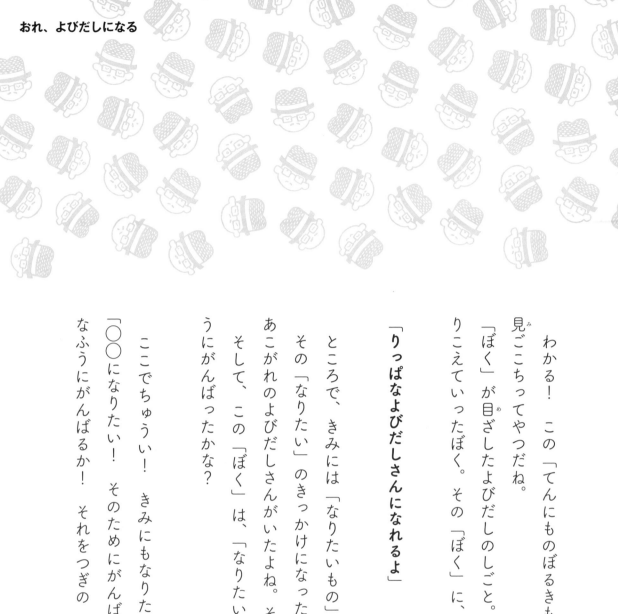

《?=ぎもんのもやもや》

こんな場《ば》めんがある。

せんすをサッとひろげて、おすもうさんのなまえをよくとおるこえでよびあげる。めちゃめちゃかっこいい。

ぼくはおかあさんからせんすをもらって、テレビをみながら、いつもよびだしさんのまねをしていた。

ところで、学校《がっこう》では「**?=ぎもん**」なんてもたないほうがいい、とおしえられていないかな? 「?」だとわかりません、と言《い》うことになるからね。

でも、読書感《どくしょかん》そう文《ぶん》では、「**?=もやもや**」がだいじなんだよ。「?」をたくさん見《み》つけて、その中《なか》から自分《じぶん》がもっとも考《かんが》えやすい(書《か》きやすいのはダメ)、つまり、お母《かあ》さんやなかまたちと、話《はな》したいところをえらぶんだ!

それからたいこのれんしゅう。

みようみまねで、せんぱいのたたくのをきいておぼえる。はじめのうちは、ふたつおりのざぶとんが、ぼくのたいこだ。

きみが今《いま》、「できるようになりたい」と思《おも》っていることはあるかな？ サッカーのドリブル？ パズル？ それとも、マインクラフトかな？

まず、それができるようになるために、しなきゃいけないことって、何《なん》だろう？

それについてのせつめいを、だれかにしてもらう？ それとも、それについての本《ほん》を読《よ》む？

ちゅう目《もく》した二《ふた》つの文《ぶん》にきょうつうしていることばがあるよね？

「**まね**」だ。

「まね」って、どんなことだろう？

Q3 この本《ほん》のテーマは何《なに》？

答《こた》えのれい「まね」「本番《ほんばん》」

さて、「テーマ」だ。きみが【ちゅう目《もく》したところ】には、どんなテーマがひそんでいるかな？

テーマがあることで、きみの作《さく》ひんは、よりしっかりしたものになる。テーマをぼんやーりさせてしまうと、作《さく》ひんもぼんやーりしたものになってしまう。

テーマは読《どく》書《しょ》感《かん》そう文《ぶん》のはしらのようなものだからね。

ところで、「**正《ただ》しいことを書《か》かなきゃ**」なんて気《き》もち、もしもっていたら、そんなものはすててしまおう！

読《どく》書《しょ》感《かん》そう文《ぶん》でもとめられるのは、「**正《ただ》しいいけん**」**じゃない**。**きみの体《たい》けん**だったり、**きみの思《おも》い**だったり、そういうのを読《よ》みたい。

だから、きみの体《たい》けんや思《おも》いにつうじるテーマをさがしてみよう！

・「**まね**」

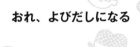

「まね」ってことばを、じしょで引《ひ》いてみよう。
だいたい二《ふた》つ、いみがあるようだ。
「形《かたち》だけにせること」と、「ふるまい」と。
　では、「まね」ということばを、きみはどんなふうにつかっているだろうか？

「まねするなよ！」とか？　これには、よいいみ合《あ》いはないよね？

「ものまね」はどう？　ものまねをする人《ひと》は、本《ほん》ものがいないとしごとにならない。

　ということは、「ものまね」ってのは、いつまでたっても本《ほん》ものになれないという、これまたわるいいみ合《あ》いがある。

　でも、それだけか？と思《おも》ってしまった。

「ぼく」は、とにかく、どんよくに先《せん》ぱいたちのまねをしているじゃないか！

　どうぶつや、もちろん人間《にんげん》だって、お母《かあ》さん、お父《とう》さんのまねをすることで、生《い》き方《かた》を学《まな》ぶんでしょ？

　ということで、「まね」のよいめんって何《なん》だろう？

・「本番《ほんばん》」

よびだしさんのしごとって、「本番《ほんばん》」と「本番《ほんばん》じゃない」ときがありそうだ。

もちろん、土《ど》ひょうに上《あ》がるのが「本番《ほんばん》」だよね。

「ぼく」は、本番《ほんばん》でしっかり力《ちから》をはっきして、おきゃくさんだけでなく、よこづなにまでほめられた。

なんで、本番《ほんばん》で力《ちから》をはっきできたのだろう？って、考《かんが》えてみる。

この「ぼく」の、本番《ほんばん》いがいでのしごとぶり、つまり、れんしゅうというしごとのようすを、もう一《いち》ど、読《よ》みなおしてみよう！

「ぼく」は先《せん》ぱいたちと、どんな日々《ひび》をすごしていたかな？

Q4 この本《ほん》を読《よ》んで考《かんが》えてみたいことは？

答《こた》えのれい **「まねって、どういういみがあるのだろう？」**

「本番《ほんばん》でせいこうする人《ひと》と、しっぱいする人《ひと》とでは、どんなちがい

があるのだろう？」

Q5 体けん、あるいはくらべて読んだむかし話は？

答《こた》えのれい ―「まめつぶころころ」

読書感《どくしょかん》そう文《ぶん》には、きみの体《たい》けんがあったほうがいい。たしかに、ぼくの生《せい》とたちでも、「自分《じぶん》オリジナルの体《たい》けん」がある子《こ》どもたちがしょうをとっている。

でもさ、親《した》しい人《ひと》がなくなっていたり、せんそうをしていたりするかだい図書《としょ》もある。「ケンカ」くらいの体《たい》けんならありそうだけど、そんなさ、「死《し》」や「せんそう」という体《たい》けんなんて、やっぱりなかなかないよね。

そこで、ぼくからのアイデアをきみにプレゼント！　むかし話《ばなし》をつかって、体《たい》けんのかわりにするんだ。とくに、日本《にほん》むかし話《ばなし》は、だれもが知《し》っている。

そんなむかし話《ばなし》のおしえを、きみの読書感《どくしょかん》そう文《ぶん》でもとうじょうさ

ほかのむかし話《ばなし》と
くらべてみてもいいよ！

せちゃおう！　それで、体《たい》けんのかわりができるぞ！

このかだい図《と》書《しょ》のテーマにつながる日本《にほん》むかし話《ばなし》は、「**まめつぶころころ**」だ。

ここにもいるよ、「しょうじきではたらきもののおじいさん」と「よくばりおじいさん」。もはや、むかし話《ばなし》のていばんだね。

で、しょうじきではたらきもののおじいさんは、まめつぶ一《ひと》つもむだにしない。そんなことから、おじぞうさまによいことをいくつかおしえてもらう。

その一《ひと》つは、オニの家《いえ》にいって、天《てん》じょううらにのぼって、にわとりのまねをすることだ。

こちらのおじいさんは、しっかりにわとりのまねができて、おたからをゲットした。じゃあ、よくばりじいさんは？

Q6 きみのいけんは何《なに》？

答《こた》えのれい　**「まねすることは、たいていバカにされる。なぜなら、そこには自《じ》分《ぶん》らしさがないからだ。**

まねだけでは、けっして本《ほん》ものになれない。でも、このものがたりの主人《しゅじん》こうは、先《せん》ぱいたちのしごとぶりをどんどんまねしていった。どんよくにまねてまねて、本番《ほんばん》でもりっぱにしごとをこなしたのだ。だれもいきなり、本《ほん》ものになることはできない。やり方《かた》を頭《あたま》だけでりかいしても、本《ほん》ものにはなれない。まずは、先《せん》ぱいや先生《せんせい》たちのしごとをまねていって、ようやく自分《じぶん》らしくなれるのだ」

さて、さいごの一《いっ》ぽ。それは、**Q4【**この本《ほん》を読《よ》んで考《かんが》えてみたいことは?**】**への、きみの答《こた》えだ。きみのいけんだ。

でも、ここで「正《ただ》しい答《こた》え」を書《か》こうとしないで。お母《かあ》さんやお父《とう》さんと話《はなし》をしながら、きみが出《だ》した答《こた》え、それがおもしろいんだからね!

タヌキのきょうしつ

山下明生《やましたはるお》　作《さく》
長谷川義史《はせがわよしふみ》　絵《え》
あかね書房《しょぼう》

Q1

あらすじを書《か》こう！

この本《ほん》は、どういう話《はなし》だったかな？　かんたんなあらすじを書《か》いてみよう。

Q2

ちゅう目《もく》したところは？

本《ほん》の中《なか》で、きみがちゅう目《もく》した人《ひと》、ことば、場《ば》めんをあげてみて。

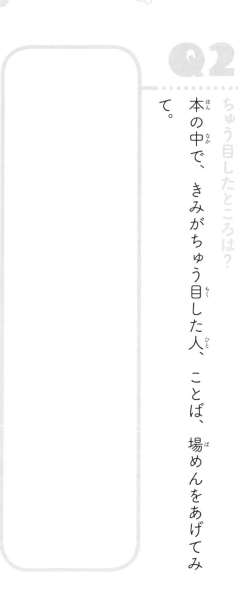

すぐに答《こた》えのれいを見《み》ないで、
自分《じぶん》の言葉《ことば》で答《こた》えよう！

Q3

この本《ほん》のテーマは何《なに》？

この本《ほん》のテーマは何《なん》だと思《おも》う？

Q4

この本《ほん》を読《よ》んで考《かんが》えてみたいことは？

この本《ほん》を読《よ》んで考《かんが》えてみたいことは何《なに》かな？
しつもんの形《かたち》で書《か》いてみよう。

Q5

体《たい》けん、あるいはくらべて読《よ》んだむかし話《ばなし》は？

この本《ほん》のないようを、きみが知《し》っているむかし話《ばなし》やぐう話《わ》とくらべてみよう。もちろん、きみ自《じ》しんで見《み》つけてきた、かだい図《と》書《しょ》に近《ちか》い物《もの》語《がたり》や体《たい》けんでもオッケーだ！

Q6

きみのいけんは何《なに》？

Q4で書《か》いたもんだいに、きみならどのような答《こた》えを出《だ》すかな？

答《こた》えのれいとせつめい

【スタートの前《まえ》に】


タイトルどおり、きょうしつにタヌキ三《さん》びき、男《おとこ》の子《こ》に女《おんな》の子《こ》。

はっぱがきょうしつの中《なか》にあるのは、なぜ？

きょうしつにはっぱが入《はい》ってくるじゅぎょうって、何《なん》だろう？

それと、赤《あか》いちょうちん？　なぜ？


さて、ぼくは今《いま》、表紙《ひょうし》を見《み》ている。

もしかして、きみはもう、本文《ほんぶん》を読《よ》みおえたかな？　そうかそうか！　それはえらい。でも、もう一度《いちど》、表紙《ひょうし》を見《み》てみよう。

《はじめに》に書《か》いていること、読《よ》んでくれたかな？　「**いきなり読《よ》む」こと、きん止《し》**！だよ。「表《おもて》」も「うら」も、ていねいに読《よ》んでいこうね。


さて、本《ほん》のうらにあるこの木《き》、何《なん》の木《き》？

はっぱに一文字《ひともじ》ずつカタカナが書《か》かれているね。なんでかな？

それと、「そで」という、カバーのおりかえしの部分《ぶぶん》を見《み》てみよう。

しっぽのある男《おとこ》の子《こ》だ！　きっと、たぬきがへんしんしたのかな？

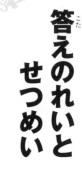

なんで、たぬきだとバレると、しっぽが出《で》てしまうんだろうね？ この「そで」には、これからきみが書《か》く「あらすじ」のヒントがあるよ。


「どうやら、これからの世《よ》の中《なか》は、タヌキの子《こ》どもにも、きょういくというのがひつようらしい」

タヌキの父《とう》さんは、にんげんの子《こ》がかよう学校《がっこう》にいってみました――

ひろしまの時《とき》の流《なが》れをタヌキたちといっしょに見《み》つめる心《こころ》あたたまる物語《ものがたり》。


主人公《しゅじんこう》たちは、きっと**タヌキ**だ。

この物語《ものがたり》は、**広《ひろ》しま市《し》**がぶたいになっているんだね！ もしかしたら、「**教育《きょういく》**」がテーマなのかな？ きみたちが、「**なぜべんきょうするのか？**」のヒントが書《か》かれている物語《ものがたり》かもよ！

本文《ほんぶん》を読《よ》みはじめる前《まえ》に、たくさんの「？」を見《み》つけられたかな？ それができたら、本文《ほんぶん》を読《よ》んでいこう。

本文《ほんぶん》でも、たくさんの「？」や「！」をチェックしながら読《よ》んでいこうね。

答《こた》えのれい｜答《こた》えのヒントを、せつめいのさいごに書《か》いておこう。

さて、いよいよ《あらすじ》にチャレンジだ！

てい学年《がくねん》のきみは、まだ、《あらすじ》ってのを書《か》いたことがないかもしれない。

でもね。あらすじチャレンジの前《まえ》に聞《き》いておこう。この本《ほん》を何回《なんかい》、読《よ》んだかな？


「きれいに読《よ》む」こと、きん止《し》！だよ。本《ほん》を読《よ》みながら、**「！＝感《かん》どうのわくわく」**と**「？＝ぎもんのもやもや」**を本《ほん》にチェックしていこう。

「感《かん》そう文《ぶん》が書《か》けない！！！」とくるしむ子《こ》たちをたくさん見《み》てきた。

その子《こ》たちの大半《たいはん》は、一回《いっかい》しか読《よ》んでいない。

しかも、ただただなんとなぁく、早《はや》くおわらせたい気《き》もちだけが先《さき》走《ばし》って、読《よ》みおえてしまっている。

それじゃあ、感《かん》そう文《ぶん》なんて、書《か》けるはずない。

感《かん》そう文《ぶん》も、楽《たの》しくやらなきゃ！

早《はや》くおわらせたい気《き》もちなら、
しんこきゅうしてチャレンジしてね。

だから、少《すく》なくとも二回《にかい》は読《よ》んでみようよ。
じゅんびができたら、また会《あ》おうね。

さて、いよいよ《あらすじ》だ。
《あらすじ》はつちょうせん！かもしれないきみに、ナイショでステキな方法《ほうほう》を教《おし》えよう。
「この本《ほん》、こんな話《はなし》だったんだよ！」と**だれかに話《はな》してみるんだ！**

お母《かあ》さん、お父《とう》さん、あるいは友《とも》だちに、「こんな話《はなし》だったんだよ！」を伝《つた》えるんだ。
「え？」「もうちょっとわかりやすくして」とか「それってどういうこと？」なんて、聞《き》いてくれた人《ひと》からのしつ問《もん》があったら、それらにちゃんと対《たい》おうしていこう。

きっと、二《に》、三回《さんかい》くりかえせば、ステキな《あらすじ》が書《か》けるはず。

さいごに、《あらすじ》のヒントをプレゼントしておこうね。
「これからはきょういくの時代《じだい》じゃ。タヌキの子《こ》どもも、にんげんの子《こ》

タヌキたちは、
どうしてべんきょうを
はじめたのかな？

どもにまけないように、べんきょうせんといけんのじゃ」

タヌキ父《とう》さんの一言《ひとこと》から、ほらあなのタヌキたちはみんなでべんきょうをはじめた。それも夜《よる》の学校《がっこう》で。

タヌキたちのべんきょうがはじまって、何年《なんねん》もたった。そして、原《げん》ばくが広《ひろ》しまにおとされた日《ひ》になった。


さて、これからタヌキたちはどうなった？

タヌキたちはべんきょうをやめてしまったのかな？

ここから先《さき》は、きみが《あらすじ》を書《か》いてみるんだ。

Q2 ちゅう目《もく》したところは？

答《こた》えのれい　けれどもタヌキたちは、クロガネモチのほらあなにこもって、まじめにべんきょうをつづけました。［……］
きょうとう先生《せんせい》は、ときどきクロガネモチの下《した》に、ノートやえんぴつをさしいれてやりました。
すると、いつのまにかノートやえんぴつはきえて、
「ア・リ・ガ・ト・ウ」

と、かかれたクロガネモチのはっぱが、木《き》のねもとにおかれていました。

《?=ぎもんのもやもや》

学校《がっこう》では「**?=ぎもん**」なんてもたないほうがいい、と教《おし》えられていないかな?

「?」だとわかりません、と言《い》うことになるからね。

でも、読書感《どくしょかん》そう文《ぶん》では、「**?=もやもや**」がだいじなんだよ。

「?」をたくさん見《み》つけて、その中《なか》から自分《じぶん》がもっとも考《かんが》えやすい(書《か》きやすいのはダメ)、つまり、お母《かあ》さんやなかまたちと、話《はな》したいところをえらぶんだ!

タヌキのお父《とう》さんが、べんきょうを子《こ》どもたちにさせたきっかけは、「**人間《にんげん》の子《こ》どもにまけちゃいかん!**」、だったよね。

まけたくないから、べんきょうをはじめた。たしかに、べんきょうのきっかけとしては、「まけない！」があってもいいかもしれない。
でも、タヌキたちは、ずっとそんな気《き》もちでべんきょうをつづけたのかしら？
それとも、べんきょうをつづけているほかの気《き》もちって、あるのかな？
きみは、なんでべんきょうしているの？

《！＝感《かん》どうのわくわく》

つづいて「！」。きみが感《かん》どうしたところをえらんでみよう！

死《し》のはいがふりそそいだひろしまは、二十年《にじゅうねん》かんは草《くさ》いっぽんはえないだろうといわれました。
クロガネモチの木《き》はくろこげのまま、やけのはらとなった校庭《こうてい》のすみに、ひっそりとたっていました。［……］
それからなん年《ねん》も、のぼり町《まち》小学校《しょうがっこう》のクロガネモチは、やけただれたままたちつづけ、五年《ごねん》めのはる、ようやくあたらしいめをだしました。
なつがちかづくと、みどりのはがしげり、うすむらさきの花《はな》がさきま

した。

のぼり町《まち》小学校《しょうがっこう》にきた子《こ》どもたちは、

「よくがんばったねえ。えらいねえ、クロガネモチ！」

と、かわりばんこに木《き》のみきにほおずりしました。

まっ黒《くろ》にやけてしまったクロガネモチ。その木《き》からまためが出《で》た！

すごいね。クロガネモチの生《せい》めい力《りょく》って、ハンパないね。

さて、感《かん》どうしたのは、それだけじゃない。まっ黒《くろ》にやけてしまったクロガネモチの木《き》。きみだったらどうする？

そんなじょうたいの木《き》を見《み》て、ぼくだったら、「もう花《はな》もさかないだろうし、切《き》りたおしてしまおう」と思《おも》うだろう。

でも、広《ひろ》しまの人《ひと》たちは、そんな木《き》を、「五年《ごねん》も！」そのまままちつづけていた。いのちがやどっていたんだね。

そして、クロガネモチの木《き》はみごとにふっかつ。「**つぎの年《とし》のあきには、赤《あか》いきれいなみをつけて、ことりたちをよびよせました**」。

しんじて見《み》まもる。その心《こころ》が、クロガネモチに通《つう》じたみたいだね。

きみ、「しんじて見《み》まもる」ことって、どんな力《ちから》だと思《おも》うかな？

きみはべんきょうがすき？
どうしてそう思《おも》う？

Q3 この本《ほん》のテーマは何《なに》？

答《こた》えのれい　**「べんきょうの中《なか》のあそび」「しんじて見《み》まもる」**

さて、次《つぎ》はこの本《ほん》の「テーマ」を考《かんが》えよう。きみが【ちゅう目《もく》したところ】には、どんなテーマがひそんでいるかな？

テーマがあることで、きみの作品《さくひん》は、よりしっかりしたものになる。テーマをぼんやぁりさせてしまうと、作品《さくひん》もぼんやぁぁりしたものになってしまう。

なんせ、テーマは読書感《どくしょかん》そう文《ぶん》のはしらのようなものだからね。

ところで、**「正《ただ》しいことを書《か》かなければ」**なんて気《き》もち、もしもっていたら、そんなものはすててしまおう！

読書感《どくしょかん》そう文《ぶん》で求《もと》められるのは、**「正《ただ》しいいけん」じゃない**。**きみの体《たい》けん**だったり、**きみの思《おも》い**だったり、そういうのを読《よ》みたい。

だから、きみの体《たい》けんや思《おも》いにつうじるテーマをさがしてみよう！

・**「べんきょうの中《なか》のあそび」**

べんきょうは、つらいし、たいくつ。とくに、しゅくだいなんてものは、すきでやったことなどないよね？

でも、じつはぼく、べんきょうがたいへんだと思《おも》ったことはない。いやむしろ、たいへんめんどうくさいべんきょうってのを、したことがない。


タヌキたちは、べんきょうが楽《たの》しかったんだよ！

楽《たの》しいことなら、昼《ひる》だけでなく、夜《よる》でもやってしまうよね？　友《とも》だちとのおしゃべりもそう、ゲームもそうかもしれない。タヌキたちにとって、べんきょうは楽《たの》しいことだったんだ。

そして、楽《たの》しいことは、あそびでもある。いやいや、あそびがなければ楽《たの》しくない。


かん字《じ》をおぼえるのも、「おぼえなきゃおしおきだ！」なんて言《い》われたら、ねぇ。そんなべんきょう、やりたくないよね？

でも、かん字《じ》をおぼえることで、いろんな文章《ぶんしょう》が読《よ》めるようになったり、いろんな会話《かいわ》ができるようになったりする。

自分《じぶん》が成長《せいちょう》していくことを見《み》られるのは、あそびだからじゃないかな？

・「しんじて見《み》まもる」

今《いま》は、たくさんのものが安《やす》く作《つく》られている。それだけ、それぞれのもののかちも安《やす》くなってきている。このような使《つか》い方《かた》をしてください、そんな、すぐに使《つか》えるものであふれている。

しかし、このようなものはこわれやすい。でも、安《やす》いものだから、こわれてもすぐに買《か》いかえられる。


ぼくたちはべんりをついきゅうしているのだ。でも、そのせいでうしなったものもある。

それは、「**しんじる**」ことと「**見《み》まもる**」ことだ。

どちらも、時間《じかん》がかかることだよね。成長《せいちょう》というものも、時間《じかん》をかけないといけない。庭《にわ》の木《き》だって、すぐに大《おお》きくなるわけ、ないよね？

べんきょうをするのは
何《なん》のためだろうね。

Q4 この本《ほん》を読《よ》んで考《かんが》えてみたいことは？

―答《こた》えのれい―「なんでべんきょうするのかな？」
「『しんじる』って、どんな力《ちから》をもっているのかな？」
「『見《み》る』とか『見《み》はる』とちがって、『見《み》まもる』ってどんな力《ちから》があるのだろう？」

Q5 体《たい》けん、あるいはくらべて読《よ》んだむかし話《ばなし》は？

―答《こた》えのれい―「金《きん》太《た》ろう」

読《どく》書《しょ》感《かん》そう文《ぶん》には、きみの体《たい》けんがあったほうがいい。たしかに、ぼくの生《せい》とたちでも、「自《じ》分《ぶん》の体《たい》けん」がある子《こ》どもたちが入《にゅう》しょうしている。

でもさ、したしい人《ひと》がなくなっていたり、せんそうをしていたりするかだい図《と》書《しょ》もある。「ケンカ」くらいの体《たい》けんならありそうだけど、そんなさ、「死《し》」や「せんそう」の体《たい》けんなんて、やっぱりめずらしいよね。

そこで、ぼくからのアイデアをきみにプレゼント！　むかし話《ばなし》を使《つか》って体《たい》けんのかわりにするんだ。

とくに日本《にほん》むかし話《ばなし》は、だれもが知《し》っている。そんなむかし話《ばなし》の教《おし》えを、きみの読《どく》書《しょ》感《かん》そう文《ぶん》にもとうじょうさせちゃうんだ！　それで、体《たい》けんのかわりができるぞ！

このかだい図《と》書《しょ》のテーマにつながる日本《にほん》むかし話《ばなし》は「**金《きん》太《た》ろう**」だ。いわずと知《し》れた、チョウ有《ゆう》名《めい》むかし話《ばなし》だよね。

ぼくがちゅう目《もく》したのは、金《きん》太《た》ろうの成《せい》長《ちょう》のしかた。かれはいきなり、お母《かあ》さんからブカブカの前《まえ》かけと、でっかいマサカリをわたされている。

このサイズが、小《ちい》さい金《きん》太《た》ろうに合《あ》うわけないよね？　でも、金《きん》太《た》ろうは、その前《まえ》かけとマサカリが使《つか》えるように、しっかり成《せい》長《ちょう》していった。

その成《せい》長《ちょう》のとちゅうで、金《きん》太《た》ろうがやっていたことは？　どうぶつたちとあそんでいたんだね。

Q6 きみのいけんは何？

答《こた》えのれい「べんきょうはつまらないし、なんでべんきょうするのかわからない。そんなべんきょうをタヌキたちは、夜《よる》も、せんそう中《ちゅう》も、せんそう後《ご》も、しっかりつづけていた。なんでだろう？ タヌキたちは、『べんきょうしなさい』なんて言《い》われていないんだろうな。べんきょうが楽《たの》しいのだと思《おも》う。つまり、べんきょうもあそびになっているんだ。

ことばをおぼえるのもあそび。おぼえたことばで、人間《にんげん》たちと会《かい》話《わ》するのもあそび。さんすうだってあそび。

ぼくもべんきょう、べんきょうって考《かんが》えすぎず、べんきょうをあそんでみようと思《おも》う」


さて、さいごの一《いっ》ぽ。それは、Q4【この本《ほん》を読《よ》んで考《かんが》えてみたいことは？】への、きみの答《こた》えだ。きみのいけんだ。

でも、ここで「正《ただ》しい答《こた》え」を書《か》こうとしないで。お母《かあ》さんやお父《とう》さんと話《はなし》をしながら、きみが出《だ》した答《こた》え、それがおもしろいんだからね！

Q1

あらすじを書《か》こう！

この本《ほん》は、どういう話《はなし》だったかな？　かんたんなあらすじを書《か》いてみよう。

ながーい5ふん　みじかい5ふん

リズ・ガートン・スキャンロン／
オードリー・ヴァーニック　文《ぶん》
オリヴィエ・タレック 絵《え》　木坂涼《きさかりょう》　訳《やく》
光村教育図書《みつむらきょういくとしょ》

Q2

ちゅう目《もく》したところは?

本《ほん》の中《なか》で、きみがちゅう目《もく》した人《ひと》、ことば、場《ば》めんをあげてみて。

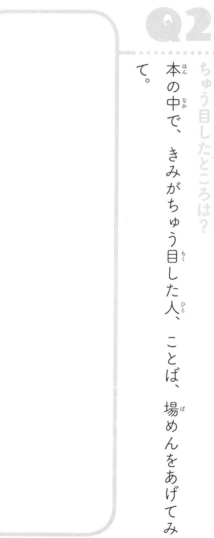

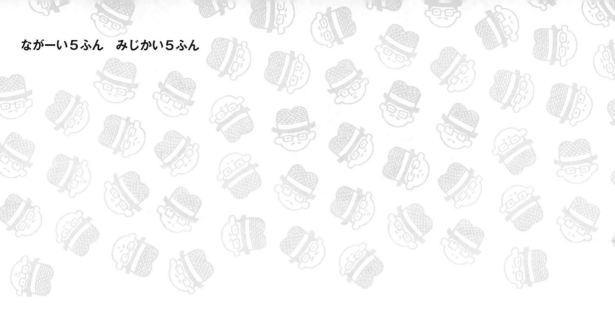

すぐに答《こた》えのれいを見《み》ないで、
自分《じぶん》の言葉《ことば》で答《こた》えよう！

Q3

この本《ほん》のテーマは何《なに》？

この本《ほん》のテーマは何《なん》だと思《おも》う？

Q4

この本《ほん》を読《よ》んで考《かんが》えてみたいことは？

この本《ほん》を読《よ》んで考《かんが》えてみたいことは何《なに》かな？
しつもんの形《かたち》で書《か》いてみよう。

Q5

体《たい》けん、あるいはくらべて読《よ》んだむかし話《ばなし》は？

この本《ほん》のないようを、きみが知《し》っているむかし話《ばなし》やぐう話《わ》とくらべてみよう。もちろん、きみ自《じ》しんで見《み》つけてきた、かだい図書《としょ》に近《ちか》い物語《ものがたり》や体《たい》けんでもオッケーだ！

Q6

きみのいけんは何《なに》？

Q4で書《か》いたもんだいに、きみならどのような答《こた》えを出《だ》すかな？

答《こた》えのれいとせつめい

【スタートの前《まえ》に】

「青《あお》い！」なんて青《あお》い本《ほん》なんだ！

青《あお》色《いろ》ってのには、こうき心《しん》（知《し》りたい！って気《き》もち）とか、へいわとか、しゅう中力《ちゅうりょく》（一《ひと》つのことに力《ちから》をそそぐこと）、こんないみがあるそうだけど、きみ知《し》ってた？

ということは、この本《ほん》は、知《し》りたいって気《き》もちが強《つよ》いきみや、一《ひと》つのことを考《かんが》えてみたいっていうきみにむけたものなのかな？

タイトルは、『ながーい5ふん　みじかい5ふん』。

どういういみがあるんだろう？

さて、ぼくは今《いま》、何《なに》を見《み》ているでしょうか？

本《ほん》文《ぶん》？　じゃないんだな。きみは？　もう、本《ほん》文《ぶん》を読《よ》みおえた？

それはえらい。でも、もう一《いち》ど、ひょう紙《し》を見《み》てみよう。

《はじめに》に書《か》いていること、読《よ》んでくれたかな？　**「いきなり読《よ》む」こと、きん止《し》!**だよ。ひょう紙《し》の「おもて」も「うら」も、「そで」もていねいに読《よ》んでいこうね。

「そで」とは、カバーのおりかえしのぶぶんのことだよ。そこには、こんなことが書《か》いてある。

れつにならんでいるときは「5ふんなんてまてなーい！」
ジェットコースターにのっているときは「5ふんってあっというま！」
おなじ5ふんでも、こんなにちがう。
5ふんはながい？
5ふんはみじかい？

きみには、おなじ5ふんが、ながくかんじたり、みじかくかんじたりすること、あるかな？

なんでおなじ5ふんなのに？　へんだよね？

本文《ほんぶん》を読《よ》みはじめるまえに、たくさんの「？」を見《み》つけられたかな？

それができたら、本文《ほんぶん》を読《よ》んでいこう。本文《ほんぶん》でも、たくさんの「？」や「！」をチェックしながら読《よ》んでいこうね。

答《こた》えのれい **あらすじのヒントを、せつめいのさいごに書《か》いておこう。**

さて、いよいよ《あらすじ》にチャレンジだ!

一年生《いちねんせい》か二年生《にねんせい》のきみは、まだ、《あらすじ》ってのを書《か》いたことがないかもしれない。でもあんしんして!

まず、《あらすじ》チャレンジの前《まえ》に、きみにしつもんだ。

本《ほん》を何回《なんかい》、読《よ》んだかな?

「**きれいに読《よ》む**」こと、**きん止《し》!**だよ。本《ほん》を読《よ》みながら、「**!=感《かん》どうのわくわく**」と「**?=ぎもんのもやもや**」を本《ほん》にチェックしていこう。

「感《かん》そう文《ぶん》が書《か》けない!!!」とくるしむ子《こ》たちを見《み》てきた。その子《こ》たちの大半《たいはん》は、一回《いっかい》しか読《よ》んでない。しかも、ただただなんとなぁく、早《はや》くおわらせたい気《き》もちだけが先《さき》ばしって、読《よ》みおえてしまっている。

それじゃあ、感《かん》そう文《ぶん》など、書《か》けるはずない。

感《かん》そう文《ぶん》も、楽《たの》しくやらなきゃ!

だから、少《すく》なくとも二回《にかい》は読《よ》んでみようよ。

ストップウォッチで5ふんを
はかってみよう！

さて、いよいよ《あらすじ》だ。
きみはどこにチェックしたかな？

「あと5ふんねかせてくれ……」
「ちょっとまって！　5ふんじゃたりないよ！」
「5ふんもかかるの――？」

つまり、「5ふん」にもいろいろある。この本《ほん》がつたえてくれることは、まさにこれだろう。

それを、どのように《あらすじ》としてまとめるか？
ヒントになるよう、ぼくの《あらすじ》をのこしておくね。

「5ふんしか」「まだ5ふん」「5ふんも」「いろいろある5ふん」「おとなの5ふん」「5ふんだけ」「やっと5ふん」「もう5ふん」「さいこうの5ふん」。5ふんにも「いろいろある」んだね。

まるうつしはしないでね。きみのことばで書《か》いてみよう！

きみは何《なに》をしているとき、
じかんが早《はや》いと感《かん》じる？

Q2
ちゅう目《もく》したところは？

答《こた》えのれい
「5ふんなんてまてなーい！」
「えー!? 5ふんしかみられないの？」
「あれ？ もう5ふんたったのか」
「5ふんでおわるわけないんだよね」

男《おとこ》の子《こ》の気《き》もちがはんたいになるものを、こうしてならべてみたよ。
でさ、おなじ5ふんが、なんでまったくはんたいになるんだろう？
こんな**《?＝ぎもんのもやもや》**を見《み》つけてみよう。

なんで、おなじ5ふんなのに？ そのげんいんは何《なん》だと思《おも》う？

ところで、学校《がっこう》では「**?＝ぎもん**」なんてもたないほうがいい、とおしえられていないかな？ 「?」だとわかりません、と言《い》うことになるからね。

でも、読書感《どくしょかん》そう文《ぶん》では、「**?＝もやもや**」がだいじなんだよ。「?」

をたくさん見《み》つけて、その中《なか》から自《じ》分《ぶん》がもっとも考《かんが》えやすい（書《か》きやすいのはダメ）、つまり、お母《かあ》さんやなかまたちと、話《はな》したいところをえらぶんだ！

いや、そもそも、ふんとかびょうとか、じかんとかって、だれがどうやって決《き》めたんだろう？

1日《にち》が24じかんって、どうやって決《き》められたの？

楽《たの》しいな！　そんな1日《にち》は30じかんくらいあってもいいんじゃない？

つまんない、たいくつだ。そんな1日《にち》なんて、12じかんくらいでじゅうぶん。それでいいんじゃない？　きみはどう思《おも》う？

Q3 この本《ほん》のテーマは何《なに》？

答《こた》えのれい　「とけい」「考《かんが》える」

さて、つぎは「テーマ」だ！　きみが【ちゅう目《もく》したところ】には、どんなテーマがひそんでいるかな？

テーマがあることで、きみの作《さく》ひんは、よりしっかりしたものになる。テーマをぼんやーりさせてしまうと、作《さく》ひんもぼんやーりしたものになってしまう。

テーマは読《どく》書《しょ》感《かん》そう文《ぶん》のはしらのようなものだからね。


ところで、「**正《ただ》しいことを書《か》かなきゃ**」なんて気《き》もち、もしもっていたら、そんなものはすててしまおう！

読《どく》書《しょ》感《かん》そう文《ぶん》でもとめられるのは、「**正《ただ》しい意見《いけん》**」**じゃない**。**きみの体《たい》けん**だったり、**きみの思《おも》い**だったり、そういうのを読《よ》みたい。

だから、きみの体《たい》けんや思《おも》いにつうじるテーマをさがしてみよう！

・「**とけい**」

どうやって、「5ふん」ってのがわかる？　そりゃあもちろん、とけいがあるからだ。とけいが、きちんと決《き》められたじかんをおしえてくれるからだよね。

もし、きみのとけいが、だれともちがったじかんをきざんでいたら、そりゃあもう、とけいじゃない。

1日《にち》は24じかんで、1じかんは60ぷん。これは決《き》められたことで、きみがかってに1日《にち》を20じかんにすることはできない。まぁ、24なんてすう字《じ》より、20のほうがきりがいいような気《き》もするが……。

5ふんってのも、こうして知《し》ることができる。

でも、その5ふんが、うれしい5ふんだったり、つまらない5ふんだったり、はらが立《た》つ5ふんだったり、ゆめのような5ふんだったりする。

そのちがいは、きみがその5ふんでどんな気《き》もちになるかにある。

で、ぼくからのいけんなんだけど、みんなとおなじ「じかん」があるのなら、きみだけの「じかん」ってのもあっていいんじゃない？

みんなとおなじじかんは、とけいがおしえてくれる。じゃあ、きみだけのじかんって、何《なに》がおしえてくれるんだろう？

・「**考《かんが》える**」

この本《ほん》って、かわってる。そう言《い》ったのは、この本《ほん》が「けつまつ」をよういしていないからだ。

うそはよくないけど、
「いいうそ」ってあるのかな？

ものがたりや小《しょう》せつには、「けつまつ」がある。それはつまり、本《ほん》が一《ひと》つの答《こた》えをよういしているってことなんだけど、この本《ほん》は？「？」ばかりで、さいごまで答《こた》えがないよね？

ということは、この本《ほん》がおもしろいのは、ぼくたちが「考《かんが》える」ことができるからだ。


というわけで、「考《かんが》える」にちゅう目《もく》してみよう！

「そんなものだ」と考《かんが》えもせずに、すっかりわかっているつもりのことって、じつはきみのまわりにもごろごろころがっているはずだ。

この「あたりまえ」のように思《おも》えることをネタにしてみよう！


たとえば、「うそ」。

「うそをつくことはわるいこと」だよね？

でも、「いいうそ」ってないかな？　だれかをたすけるためにつくうそ、ってわるいことなの？

「いのちと心《しん》ぞう」。この二《ふた》つのちがいって何《なに》かな？

「ドッグと犬《いぬ》とわんちゃん」って、どうちがうの？

それとか、「きらいなものとすきなもの」。お母《かあ》さんや友《とも》だちが「大《だい》すき！」って言《い》うけど、なぜか自分《じぶん》は「大《だい》きらい！」。そんな食《た》べものってないかな？

ぼくはトマトとなっとう。トマトをそのまんま出《だ》されると、「オエッ」ってなってしまうし、朝《あさ》からなっとうを出《だ》されると、「マジくさい！　どこかにやって！」ってはなをつまんでしまう。

おなじ食《た》べものなのに、なんですきな人《ひと》ときらいな人《ひと》がいるんだろうね？

Q4　この本《ほん》を読《よ》んで考《かんが》えてみたいことは？

―答《こた》えのれい―「とけいがおしえてくれる、みんなとおなじじかんがある。では、わたしだけが感《かん》じるじかんってどんなものだろう？」『考《かんが》える』って、なんだかおもしろそうだ。気《き》づかずに、考《かんが》えないままになっていることってないかな？　『あたりまえ』だと思《おも》っていることをもう一《いち》ど、考《かんが》えてみよう！」

Q5 体《たい》けん、あるいはくらべて読《よ》んだむかし話《ばなし》は？

答《こた》えのれい 「びんぼうがみとふくのかみ」

読《どく》書《しょ》感《かん》そう文《ぶん》には、きみの体《たい》けんがあったほうがいい。たしかに、ぼくの生《せい》とたちでも、「自《じ》分《ぶん》の体《たい》けん」がある子《こ》どもたちが入《にゅう》しょうしている。

でもさ、大《たい》切《せつ》な人《ひと》が死《し》んでしまったり、せんそうをしたりするかだい図《と》書《しょ》もある。

「ケンカ」くらいの体《たい》けんならありそうだけど、「死《し》」や「せんそう」の体《たい》けんなんて、やっぱりなかなかないよね。

そこで、ぼくからのアイデアをきみにプレゼント！ むかし話《ばなし》をつかって体《たい》けんのかわりにするんだ。とくに、日《に》本《ほん》むかし話《ばなし》は、だれもが知《し》っている。

そんなむかし話《ばなし》のおしえを、きみの読《どく》書《しょ》感《かん》そう文《ぶん》でもとうじょうさせちゃおう！ それで、体《たい》けんのかわりができるぞ！

ほかのむかし話《ばなし》と
くらべてみてもいいよ！

このかだい図書《としょ》のテーマにつながる日本《にほん》むかし話《ばなし》は、「**びんぼうがみとふくのかみ**」だ。

もし、きみの家《いえ》に、ふくのかみか、びんぼうがみのどちらかが来《き》てくれるとなったら、きみはどっちのかみさまに来《き》てほしいかな？

もちろん、ふくのかみだよね!?　え??　びんぼうがみがいいって？　そりゃあまた、なぜ？

で、このむかし話《ばなし》では、ふくのかみがおい出《だ》されて、びんぼうがみが家《いえ》にのこることになる。

なんでだろう？

だれもがいいと思《おも》うことと、まったくぎゃくのことが「いい！」となるときもあるんだね。なぜだろう？

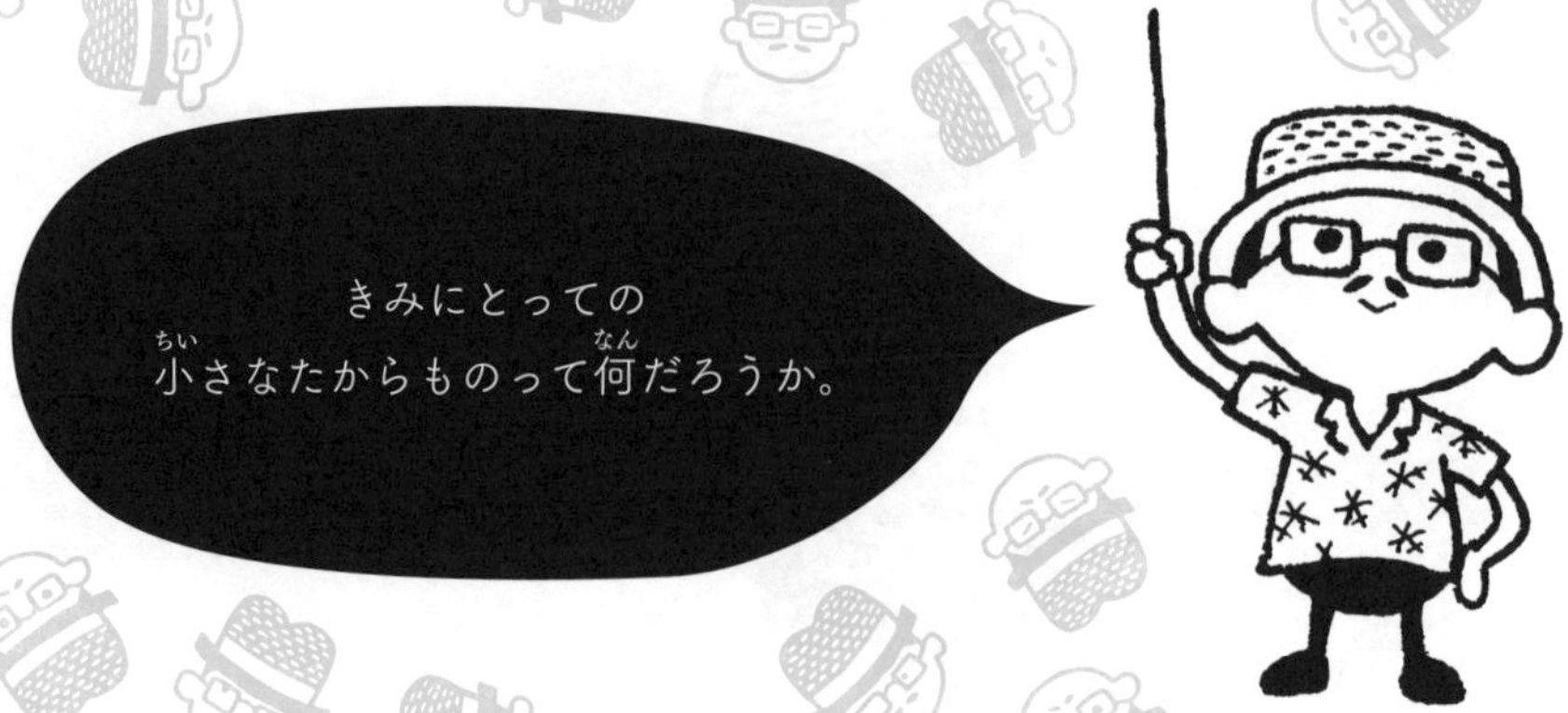

Q6 きみのいけんは何《なに》?

答《こた》えのれい

「おなじ『5ふん』でも、いろんな気《き》もちになる。なんでだろうって考《かんが》えた。

ぼくたちの気《き》もちは、じかんではなく、そのときのようすでかわってくるんだろうね。考《かんが》えることって、ふだんからあまりやっていないけど、やってみるとおもしろそうだ。

たとえば、『うそはついてはいけない』と言《い》われる。たしかにそうだと思《おも》うけど、『うそをついたほうがいい』ときってないかな?って考《かんが》えてみた。

この前《まえ》、友《とも》だちが大切《たいせつ》にしていたクルマのカードをなくしてしまって、ないていた。たまたまぼくもおなじカードをもっていて、それをあげたんだけど、その友《とも》だちに『どこにあったの?』と聞《き》かれて、『きみのせきのそばにおちてたよ』とうそをついた。これって、『うそつきのうそ』とはちがうと思《おも》う。

お母《かあ》さんといっしょにつくったカレーライス。先《せん》しゅう、グルメサイトでゆうめいなカレーやさんでも食《た》べたけど、ぼくたちのカレーは、それよりもおいしかったよ。

なんでだろうって考《かんが》えた。きっと、ぼくがお母《かあ》さんといっしょにつくったからだ。

こうやって考《かんが》えることで、ぼくたちのくらしには、たくさんの小《ちい》さなたからものがあることに気《き》づいたよ」

さて、さいごの一《いっ》ぽ。それは、**【Q4**　この本《ほん》を読《よ》んで考《かんが》えてみたいことは?**】**への、きみの答《こた》えだ。きみのいけんだ。
でも、ここで「正《ただ》しい答《こた》え」を書《か》こうとしないで。お母《かあ》さんやお父《とう》さんと話《はなし》をしながら、きみが出《だ》した答《こた》え、それがおもしろいんだからね!

青《あお》いあいつがやってきた!?

松井《まつい》ラフ　作《さく》
大野八生《おおのやよい》　絵《え》
文研出版《ぶんけんしゅっぱん》

Q1

あらすじを書《か》こう!

この本《ほん》は、どういう話《はなし》だったかな?　かんたんなあらすじを書《か》いてみよう。

Q2

注目《ちゅうもく》したところは?

本《ほん》の中《なか》で、きみが注目《ちゅうもく》した人《ひと》、言葉《ことば》、場面《ばめん》をあげてみて。

すぐに解答例《かいとうれい》を見《み》ないで、
自分《じぶん》の言葉《ことば》で答《こた》えよう！

Q3

この本《ほん》のテーマは何《なに》？

この本《ほん》のテーマは何《なん》だと思《おも》う？

Q4

この本《ほん》を読《よ》んで考《かんが》えてみたいことは？

この本《ほん》を読《よ》んで考《かんが》えてみたいことは何《なに》かな？
質問《しつもん》の形《かたち》で書《か》いてみよう。

Q5

体験《たいけん》、あるいは比《くら》べて読《よ》んだむかし話《ばなし》は？

この本《ほん》の内容《ないよう》を、きみが知《し》っているむかし話《ばなし》やぐう話《わ》と比《くら》べてみよう。もちろん、きみ自身《じしん》で見《み》つけてきた、課題図書《かだいとしょ》に近《ちか》い物語《ものがたり》や体験《たいけん》でもオッケーだ！

Q6

きみの意見《いけん》は何《なに》？

Q4で書《か》いた問題《もんだい》に、きみならどのような答《こた》えを出《だ》すかな？

解《かい》答《とう》例《れい》と解《かい》説《せつ》

【スタートの前《まえ》に】

「青《あお》いあいつ」って何《なん》のこと？
「やってきた」ってどこから？
もう、タイトルからすでに、わくわく「？」の二《に》連《れん》チャンだ。楽《たの》しそうだね。
表紙《ひょうし》を見《み》てみようか。
男《おとこ》の子《こ》が乗《の》っているのは、カメのこうら？　ここは、宇宙空間《うちゅうくうかん》？
うーむ、なぞのわくわく。不思議《ふしぎ》がいっぱいだね。
で、本《ほん》をひっくり返《かえ》してみた。
カッパか！　星《ほし》があるから、宇宙《うちゅう》のカッパといっしょにいるのかな？
でも、カッパって緑色《みどりいろ》なんじゃない？

そうそう、本《ほん》を買《か》って、「よし、さっさと終《お》わらせよう！」なんて、すぐにページをめくってはダメだよ。それだと、読書《どくしょ》がつまらなくなってしまう。
そんなにあせっても、自分《じぶん》で自分《じぶん》の時間《じかん》を退屈《たいくつ》にしちゃうだけだ。

それに、おいしい「**?**」に気《き》づけないぞ!
《はじめに》にも書《か》いたけど、読《よ》んでくれたかな? 「**いきなり読《よ》む****こと禁止《きんし》**だ!

本文《ほんぶん》に入《はい》る前《まえ》に、「そで」と「もくじ」もしっかりチェックしよう!

「そで」ってのは、カバーの折《お》り返《かえ》しのこと。ここにこんなことが書《か》いてある。

「よおっ!」
とつぜんぼくの目《め》の前《まえ》にあらわれた、全身青《ぜんしんあお》いヘンなやつ。
今日《きょう》一日《いちにち》ぼくといっしょにすごす、だって!? な、な、なんで!?

「**なんで!?**」の続《つづ》きが気《き》になるけど、この物語《ものがたり》のはじまりは理解《りかい》できた。それに、物語《ものがたり》の大《おお》わくも予想《よそう》できそうだ。

この青《あお》いカッパは、きっと「ぼく」の何《なに》かをサポートするために、宇宙《うちゅう》から来《き》たんじゃない?

さて、ここまでが、本《ほん》の表紙《ひょうし》とうらと「そで」だけで読《よ》み解《と》けたことだ。

これにもくじを加《くわ》えたら、あらあら、本《ほん》の内容《ないよう》だって、だいぶつかめてくる！　これが次《つぎ》の《あらすじ》になる。

ね、あせってもいいことないでしょ？

さて、本文《ほんぶん》を読《よ》みはじめるきみにアドバイス！

たくさんの「？」を見《み》つけていこう！　チェックしながら、メモしながら読《よ》んでいこうね。

Q1 あらすじを書《か》こう！

解答例《かいとうれい》　あらすじのヒントを、説明《せつめい》の最後《さいご》に書《か》いておこう。

さて、いよいよ《あらすじ》にチャレンジだ！

きみはもう、《あらすじ》ってのを書《か》いたことがあるのなら、「チャレンジ！」なんて意気《いき》ごまなくてもいいかもね。

でもね。その作業《さぎょう》の前《まえ》に、聞《き》いておこう。
この本《ほん》を、何回《なんかい》読《よ》んだかな？

《はじめに》にも書《か》いてあったよね？「**きれいに読《よ》む**」こと禁止《きんし》！って。本《ほん》を読《よ》みながら、「**！＝感動《かんどう》のわくわく**」と「**？＝疑問《ぎもん》のもやもや**」を本《ほん》にチェックしていこう。

もう一度《いちど》書《か》くけど、ここをさぼってしまうと、よい感想文《かんそうぶん》になるどころか、「感想文《かんそうぶん》が書《か》けない」と苦《くる》しむだけになってしまう。それはNG《エヌジー》！

だから、チェックなどをするためにも、少《すく》なくとも二回《にかい》は読《よ》んでいるはずだ。

「めんどーだから、すぐに終《お》わらせたい！」。そんな気持《きも》ちなら、読《よ》むのをやめてしまおう。外《そと》に出《で》て、深呼吸《しんこきゅう》しよう！それで、体《からだ》を動《うご》かして遊《あそ》んじゃおう！それからまた、本《ほん》を読《よ》めばいい。

さて、ここまでがんばってきたきみに、ナイショで素敵《すてき》な方法《ほうほう》を教《おし》えよう。

それは、「こんな話《はなし》だったんだよ！」と**だれかに話《はな》してみる**ことだ。

「カッパのでんせつ」について
調《しら》べてみよう！

お母《かあ》さん、お父《とう》さん、あるいは友《とも》だちに、「こんな話《はなし》だったんだよ！」を伝《つた》えるんだ。

「え？」「もうちょっとわかりやすくして」とか、「それってどういうこと？」なんて、聞《き》いてくれた人《ひと》からの質問《しつもん》があったら、それらにちゃんと対応《たいおう》していこう。

きっと、二《に》、三回《さんかい》くり返《かえ》せば、素敵《すてき》なあらすじが書《か》けるはず。

では最後《さいご》に、要約《ようやく》のヒントをプレゼントしておこうか。

カッパの正体《しょうたい》がわかるのは、「あいつの正体《しょうたい》」っていう章《しょう》なんだけど、《あらすじ》を書《か》くときは、もうはじめから正体《しょうたい》について書《か》いてしまってもいいよ。

カッパの姿《すがた》をした青《あお》い宇宙人《うちゅうじん》は、サトシの願《ねが》いをかなえるために、サトシのところへやってきた。

サトシの願《ねが》いは「友《とも》だちができますように」。これをかなえるのはカッパのミッションなんだ。

サトシは転校《てんこう》してきて二週間《にしゅうかん》しかたっていない。転校初日《てんこうしょにち》、きんちょうしてうまく話《はな》せなかった。だから、友《とも》だちはまだいなかった。

カッパは、どんなふうにサトシに友《とも》だちをプレゼントしたのか？
それが、この物語《ものがたり》の大事《だいじ》な部分《ぶぶん》だ。ここはきみがまとめてみようね。

Q2 注目《ちゅうもく》したところは？

解答例《かいとうれい》「願《ねが》いをかなえさせるといっても、おれさまたちがするのはあくまでその手助《てだす》けだ。ちょい、と背中《せなか》をおしてやるくらいのな。たいていの願《ねが》いごとは、本人《ほんにん》の力《ちから》でどうにかなるのさ」

《？＝疑問《ぎもん》のもやもや　その1》

学校《がっこう》では、「**？＝疑問《ぎもん》**」なんて持《も》たないほうがいい、と教《おし》えられる。
「？」はわかりませんと自白《じはく》することになるからね。
でも、読書感想文《どくしょかんそうぶん》では、この「**？＝もやもや**」が大事《だいじ》なんだよ。
カッパがこんなことを言《い》っているけど、ぼくは「**？**」が浮《う》かんだ。

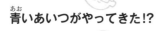

「願《ねが》いをかなえさせるといっても、おれさまたちがするのはあくまでその手助《てだす》けだ。ちょい、と背中《せなか》をおしてやるくらいのな。たいていの願《ねが》いごとは、本人《ほんにん》の力《ちから》でどうにかなるのさ」

ほほう、そうかもしれない。でもさ、背中《せなか》をちょっとおすだけで願《ねが》いごとがかなってしまうのなら、なんで流《なが》れ星《ぼし》にお願《ねが》いしたり、神社《じんじゃ》やお寺《てら》に行《い》ってお願《ねが》いしたりするのだろう？

きみも、初《はつ》もうでとかしたことあるよね？　そこで、どんなお願《ねが》いをした？　そして、その願《ねが》いはかなったかな？

もし、その願《ねが》いがかなっていなかったのなら、そのとき、だれかが、ちょいときみの背中《せなか》をおしてくれたらかなったと思《おも》うかな？

《？＝疑問《ぎもん》のもやもや　その２》

「**！＝感動《かんどう》のわくわく**」も大事《だいじ》だけど、チェックしたところに「？」がたくさんあるのなら、「？」を複数《ふくすう》えらんでもいい。

なぜなら、「？」こそが、**Q4**【この本《ほん》を読《よ》んで考《かんが》えてみたいこと

きみなら、どんな願《ねが》いごとを
するかな？　聞《き》かせて！

は？】（問題提起《もんだいていき》）に直結《ちょっけつ》するからだ。

というわけで、この本《ほん》では二《ふた》つの「？」を紹介《しょうかい》しよう。

カッパが、こんなことも言《い》ってるね。

「ひとりひとりの幸《しあわ》せ、心《こころ》の平和《へいわ》が、社会《しゃかい》の平和《へいわ》、世界《せかい》の平和《へいわ》、ひいては宇宙《うちゅう》の平和《へいわ》につながる……。幸《しあわ》せな人間《にんげん》は、悪《あく》の心《こころ》を持《も》ちにくい。そしてまた、幸《しあわ》せなやつ、ニコニコしているやつには、いじわるしにくくなる。ニコニコのまわりにはいじわるがいなくなる、ニコニコのまわりにはニコニコが広《ひろ》がっていく……」

そうか……。平和《へいわ》って何《なん》だろうね？　戦争《せんそう》がないこと？

幸《しあわ》せって何《なん》だろうね？　いつも満《み》たされていること？

そして、ぼく自身《じしん》はあまりニコニコが得意《とくい》じゃない。どちらかと言《い》うと、笑顔《えがお》になれないタイプなんだけど……？

そんな「？＝もやもや」が生《う》まれたと、正直《しょうじき》に書《か》いておこう。

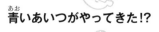

Q3 この本《ほん》のテーマは何《なに》？

解答例《かいとうれい》「願《ねが》い」「幸《しあわ》せ」

読《どく》書《しょ》感《かん》想《そう》文《ぶん》に関《かん》する誤《ご》解《かい》の一《ひと》つに、「正《ただ》しいことを書《か》かなければ」がある。

《はじめに》にも書《か》いたけど、読《どく》書《しょ》感《かん》想《そう》文《ぶん》で求《もと》められるのは、**「正《ただ》しい意《い》見《けん》」じゃない**。きみの体《たい》験《けん》だったり、きみの思《おも》いだったり、そういうのを読《よ》みたい。

じゃあ、なぜ「**テーマ**」が必《ひつ》要《よう》かっていうと、テーマがあることで、きみの作《さく》品《ひん》がはっきりとしてくるからだ。それは、ほそうされた道《どう》路《ろ》のようなもの。

テーマがないと、読《よ》む人《ひと》がやぶの中《なか》を歩《ある》いているような気《き》分《ぶん》になってしまうぞ。

・「**願《ねが》い**」

「**たいていの願《ねが》いごとは、本《ほん》人《にん》の力《ちから》でどうにかなる**」ってカッパが言《い》っていた。確《たし》かにそうかもしれない。

じゃあ、なんでカッパは、わざわざ宇宙《うちゅう》からサトシのところに来《き》たの？

それに、この物語《ものがたり》だけじゃなくても、ぼくたちはいろいろな願《ねが》いをもっているし、神社《じんじゃ》に行《い》ってお願《ねが》いしたりもする。

そもそも、自分《じぶん》の力《ちから》でどうにかなることばっかりだったら……？

・「幸《しあわ》せ」

世界《せかい》を平和《へいわ》にする幸《しあわ》せって何《なん》だろうね？

幸《しあわ》せって、たとえば、おいしいごはんを食《た》べること。じゃあ、おいしいごはんってどんなごはん？

高級《こうきゅう》な焼肉《やきにく》？　ハンバーグ？　でも、ぼくはもう、あまりそういうものがおいしくなくなった。おみそ汁《しる》とお米《こめ》でいいや。

でも、どんなごはんを食《た》べたって、いつかはおなかがすく。それに、毎食毎食《まいしょくまいしょく》、ごうかなものを食《た》べていてもあきるだけだ。

じゃあ、ほかの幸《しあわ》せはどう？

いつまでも、ずっとずっと幸《しあわ》せな人《ひと》っているのかな？

Q4 この本《ほん》を読《よ》んで考《かんが》えてみたいことは？

解答例《かいとうれい》 「なんでぼくたちはお願《ねが》いをするのだろう？」
「幸《しあわ》せってどんなことだろう？」

Q5 体験《たいけん》、あるいは比《くら》べて読《よ》んだむかし話《ばなし》は？

解答例《かいとうれい》 「カッパの雨《あま》ごい」

読書感想文《どくしょかんそうぶん》には、きみの体験《たいけん》があったほうがいい。確《たし》かに、ぼくの生徒《せいと》たちでも、「自分《じぶん》の体験《たいけん》」を書《か》いた子《こ》どもたちが入賞《にゅうしょう》している。

でもさ、課題図書《かだいとしょ》には、親《した》しい人《ひと》が亡《な》くなっていたり、戦争《せんそう》をしていたりするものもある。

『青《あお》いあいつがやってきた!?』なんて、宇宙《うちゅう》からカッパが来《く》るんだもんなぁ。「ケンカ」くらいの体験《たいけん》ならありそうだけど、そんなさ、「死《し》」や「戦争《せんそう》」「宇宙《うちゅう》からカッパ」なんて、やっぱりなかなかないよね。

ほかのむかし話《ばなし》と
比《くら》べてみてもいいよ！

そこで、ぼくからのアイデアをおくろう。むかし話《ばなし》を使《つか》って、体験《たいけん》のかわりにするんだ。特《とく》に、日本《にほん》むかし話《ばなし》なら日本人《にほんじん》の心《こころ》の読《よ》み物《もの》として、だれとでも共有《きょうゆう》できるよね。

読《よ》み比《くら》べるなら、日本《にほん》むかし話《ばなし》くらいみんなが知《し》っているものにしよう。

せっかくだから、むかし話《ばなし》でも「カッパ」が登場《とうじょう》するものをえらんでみた。「**カッパの雨《あま》ごい**」だ。

でもこの「カッパの雨《あま》ごい」は、「金太郎《きんたろう》」や「つるの恩返《おんがえ》し」たちほどは、有名《ゆうめい》じゃないかもしれない。

え？　読《よ》んだことあるって？　そりゃすごい。

いちおう、このむかし話《ばなし》のあらすじを書《か》いておこうか。

ある村《むら》では、一匹《いっぴき》のいたずらカッパに悩《なや》まされていた。そこで、おぼうさんがカッパに、「なんでいたずらするの？」と聞《き》いてみたら、カッパは「自分《じぶん》は人間《にんげん》になりたいのに、なんでカッパなんだろう。おもしろくないからいたずらしている」と答《こた》えた。

おぼうさんは、「なにか村《むら》の人《ひと》たちのためになることをしなさい。そう

ぼくが言《い》ったことではなく、
きみが思《おも》ったことを書《か》こうね！

すれば人間《にんげん》に生《う》まれ変《か》われる」と助言《じょげん》した。

ある年《とし》の夏《なつ》、村《むら》は日照《ひで》りで苦《くる》しんでいた。そこにこのカッパが現《あらわ》れて、神《かみ》さまに雨《あま》ごいを始《はじ》めた。「神《かみ》さま、どうか雨《あめ》を降《ふ》らしてください。自分《じぶん》の命《いのち》と引《ひ》きかえに、村《むら》に雨《あめ》を降《ふ》らしてください」。

こうして、村《むら》には雨《あめ》が降《ふ》ったんだけど、カッパは死《し》んでしまった。「雨《あめ》を降《ふ》らして」という願《ねが》いをかなえるには、命《いのち》と引《ひ》きかえにしなければならなかったということだ。

こんな願《ねが》いは、自分《じぶん》の力《ちから》でなんとかなるレベルじゃないよね？

Q6 きみの意見《いけん》は何《なに》？

―解答例《かいとうれい》―「ぼくたちの願《ねが》いには二種類《にしゅるい》ある。すぐにかなうものと、ある程度時間《ていどじかん》をかけないと、かなうかかなわないかわからないものの二《ふた》つだ。

たとえば、たん生日《じょうび》に欲《ほ》しいものがあれば、その願《ねが》いはきっとたん生日《じょうび》にかなうだろう。だいたい、何《なに》が欲《ほ》しいか、数日前《すうじつまえ》にお願《ねが》いするものだから。

一方《いっぽう》、二年《にねん》、三年《さんねん》かけて、ようやく結果《けっか》がわかるお願《ねが》いもある。たとえば、中学受験《ちゅうがくじゅけん》での合格《ごうかく》。目指《めざ》す中学校《ちゅうがっこう》があっても、サボってしまうと願《ねが》いはかなわない。『合格《ごうかく》きがん』のようなものは、自分《じぶん》がサボらないようにと、神《かみ》さまにちかっているのかもしれない。サボれば志望校《しぼうこう》には届《とど》かないのだから。

せのびしても届《とど》かない願《ねが》いもある。願《ねが》いというのは、けっきょく、身《み》のたけに合《あ》うものがかなうようになっているのだ」

さて、最後《さいご》の一歩《いっぽ》。それは、Q4【この本《ほん》を読《よ》んで考《かんが》えてみたいことは?】への、きみの答《こた》えだ。きみの意見《いけん》だ。

でも、ここで「正《ただ》しい答《こた》え」を書《か》こうとしないで。お母《かあ》さんやお父《とう》さんと話《はなし》をしながら、きみが出《だ》した答《こた》え、それがおもしろいんだからね!

読《どく》書《しょ》感《かん》想《そう》文《ぶん》
すらすら
ドリル

Q1

あらすじを書《か》こう!

この本《ほん》は、どういう話《はなし》だったかな？　かんたんなあらすじを書《か》いてみよう。

ねこと王《おう》さま

ねこと王さま
身のまわりのことができない
王さまが、町でくらすことに!?
町のなかでくらすことになった王さまと、王さま
思いのかしこいねこの、ゆかいで楽しい物語。
BOOKS FOR CHILDREN
BFC

ニック・シャラット　作《さく》・絵《え》
市田泉《いちだいづみ》　訳《やく》
徳間書店《とくましょてん》

Q2

注目《ちゅうもく》したところは？

本《ほん》の中《なか》で、きみが注目《ちゅうもく》した人《ひと》、言葉《ことば》、場面《ばめん》をあげてみて。

すぐに解答例《かいとうれい》を見《み》ないで、
自分《じぶん》の言葉《ことば》で答《こた》えよう！

Q3

この本《ほん》のテーマは何《なに》？

この本《ほん》のテーマは何《なん》だと思《おも》う？

Q4

この本《ほん》を読《よ》んで考《かんが》えてみたいことは？

この本《ほん》を読《よ》んで考《かんが》えてみたいことは何《なに》かな？
質問《しつもん》の形《かたち》で書《か》いてみよう。

Q5

体験《たいけん》、あるいは比《くら》べて読《よ》んだむかし話《ばなし》は？

この本《ほん》の内容《ないよう》を、きみが知《し》っているむかし話《ばなし》やぐう話《わ》と比《くら》べてみよう。もちろん、きみ自身《じしん》で見《み》つけてきた、課題図書《かだいとしょ》に近《ちか》い物語《ものがたり》や体験《たいけん》でもオッケーだ！

Q6

きみの意見《いけん》は何《なに》？

Q4で書《か》いた問題《もんだい》に、きみならどのような答《こた》えを出《だ》すかな？

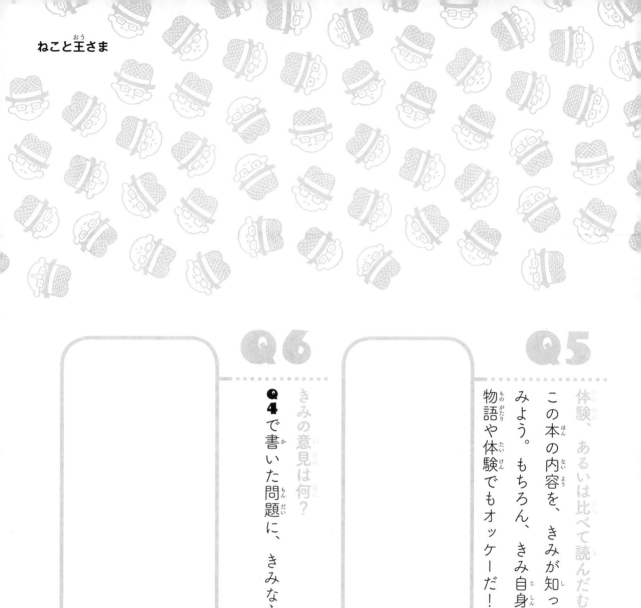

解《かい》答《とう》例《れい》と解《かい》説《せつ》

【スタートの前《まえ》に】

うーむ。『ねこと王《おう》さま』。このタイトルで『長《なが》ぐつをはいた猫《ねこ》』をぼくは思《おも》い出《だ》した。

きみ、読《よ》んだことあるかな？　ヨーロッパの民話《みんわ》なんだけど、シャルル・ペローというフランスの作家《さっか》が書《か》いた話《はなし》が有名《ゆうめい》だ。

一《いっ》ぴきの猫《ねこ》のトンチで粉《こな》ひきが王《おう》さまになる話《はなし》なんだけど、この『ねこと王《おう》さま』はどうだろう？

それにしても、かわいい表紙《ひょうし》だね。バスに乗《の》っているのかな？　二《に》階建《かいだ》てバス？ってことは、映画《えいが》で見《み》たことあるけど、イギリスのバスかな？

二《に》階《かい》部《ぶ》分《ぶん》に、「王《おう》さま」と「ねこ」がいるね。下《した》には、運《うん》転《てん》手《しゅ》さんと、二人《ふたり》の子《こ》どもがいる家族《かぞく》が乗《の》っているのかな？　バスには「王《おう》さまのバス」と書《か》いてある。

ん？「早《はや》く読《よ》もうよ！」なんて思《おも》ってしまったかな？

ノンノン！　そんなにあせってページをめくってはダメだ。それだと、おいしい「**？**」に気《き》づけないぞ！

《はじめに》にも書《か》いたけど、読《よ》んでくれたかな？「**いきなり読《よ》むこと禁止《きんし》**」！

実《じつ》は、本《ほん》の表《おもて》や裏《うら》、そしてカバーの「そで（折《お》り返《かえ》しの部分《ぶぶん》）」には、本《ほん》を読《よ》んだり、感想文《かんそうぶん》を書《か》くためのヒントがたくさんある。さらに、もくじもちゃんとチェックしておくべきだ。

あせりは禁物《きんもつ》！　あせって読《よ》み進《すす》めても、読書《どくしょ》はおもしろくならないし、読書感想文《どくしょかんそうぶん》を書《か》くための下《した》ごしらえなんてできないからね。

で、「そで」を見《み》てみよう。

ふむふむ。「**ドラゴン**」がねぇ。「**おしろが燃《も》えた**」のね。「**町《まち》に引《ひ》っこし**」したんだ。

そりゃあ、王《おう》さまは**王《おう》さまの仕事《しごと》**をしていればいいのだろうけど、それってどんな仕事《しごと》？　王《おう》さまを「**王《おう》さま思《おも》いのかしこいねこ**」が助《たす》けるのかな？

さて、ここまで親切《しんせつ》な「そで」には、あまりお目《め》にかかったことが

ない。この課題図書《かだいとしょ》を選《えら》んで、「そで」をちゃんとチェックできたきみ、ラッキーだね！

もくじも確認《かくにん》して、さあ読《よ》みはじめよう！

たくさんの「**?**」や「**!**」を見《み》つけていこう！　チェックして、メモしながら読《よ》んでいこうね。

Q1 あらすじを書《か》こう！

解答例《かいとうれい》　**あらすじのヒントを、説明《せつめい》の最後《さいご》に書《か》いておこう。**

さて、いよいよ《あらすじ》の時間《じかん》だ。

三年生《さんねんせい》か四年生《よねんせい》のきみ、《あらすじ》ってのを書《か》いたことあるかな？

でもね。その作業《さぎょう》の前《まえ》に聞《き》いておこう。

本《ほん》を一回《いっかい》読《よ》んだだけ、かな？

ダメダメ。あせっちゃだめ。「**きれいに読《よ》む**」**こと禁止《きんし》**！だよ。本《ほん》を読《よ》みながら、「**！＝感動《かんどう》のわくわく**」と「**？＝疑問《ぎもん》のもやもや**」を本《ほん》に

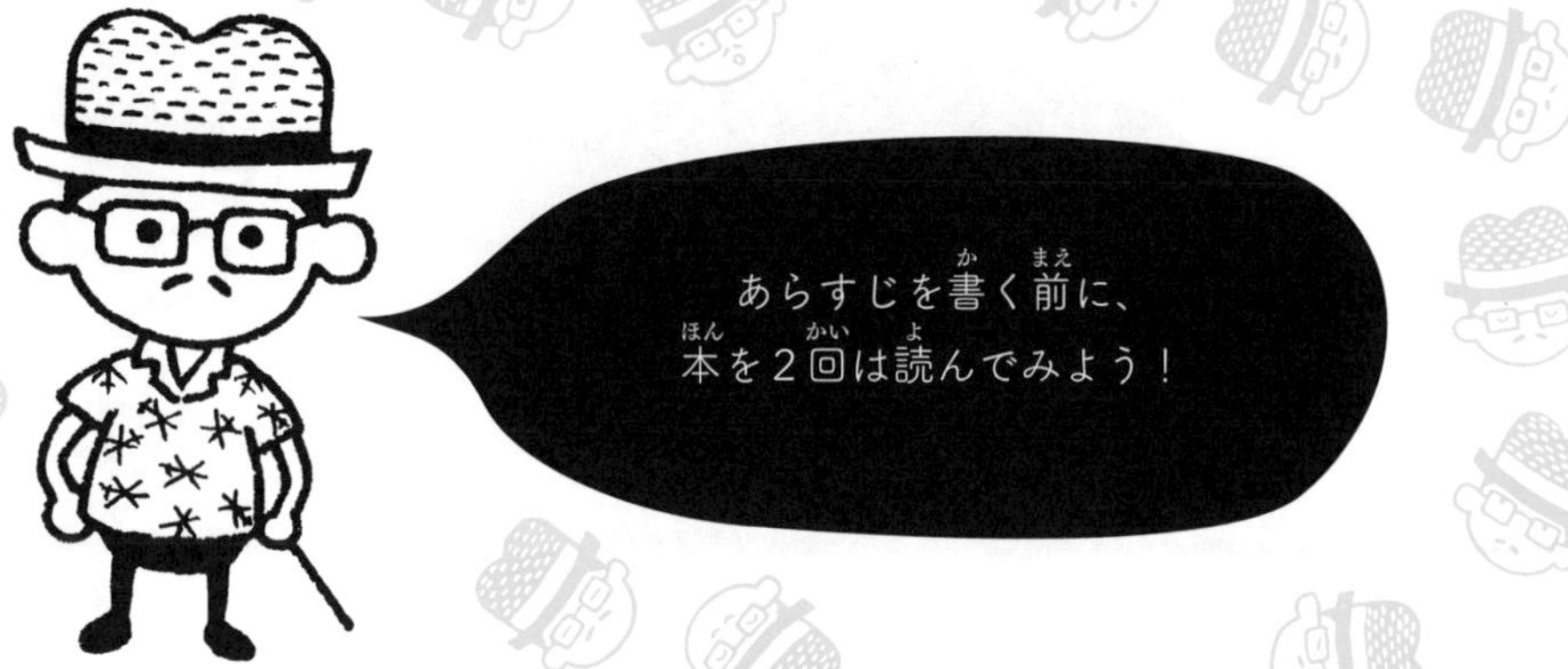

チェックしていこう。早《はや》く終《お》わらせたくてここをさぼると、けっきょく、「感想文《かんそうぶん》が書《か》けない」と苦《くる》しむだけになってしまうぞ。

「書《か》けない書《か》けない」って耳《みみ》にするけど、たいていのケースでは、ていねいに読《よ》んでないから書《か》けないんだ。

チェックなどをするためにも、少《すく》なくとも二回《にかい》は読《よ》んでみよう。

「めんどーだから、すぐに終《お》わらせたい！」。そんな気持《きも》ちなら、読《よ》むのをやめてしまおう。外《そと》に出《で》て深呼吸《しんこきゅう》しよう！

それで、体《からだ》を動《うご》かして遊《あそ》んじゃおう！　それからまた、本《ほん》を読《よ》めばいい。

準備《じゅんび》ができたら、また会《あ》おうね。

さて、いよいよあらすじだ。

《あらすじ》を書《か》くことは、三《さん》、四年生《よねんせい》ではまだ未経験《みけいけん》かもしれない。

だから、ナイショで素敵《すてき》な方法《ほうほう》をきみに伝授《でんじゅ》しよう。

「この本《ほん》、こんな話《はなし》だったんだよ！」と**だれかに話《はな》してみるんだ！**

お母《かあ》さん、お父《とう》さん、あるいは友《とも》だちに、「こんな話《はなし》だったんだよ！」を伝《つた》えるんだ。

「え？」「もうちょっとわかりやすくして」とか、「それってどういうこと？」なんて、聞《き》いてくれた人《ひと》からの質問《しつもん》があったら、それらにちゃんと対応《たいおう》していこう。

これをきっと、二《に》、三回《さんかい》くり返《かえ》せば、素敵《すてき》なあらすじが書《か》けるはず。

でもね、せっかくここまで読《よ》んでくれたきみに、あらすじのヒントをプレゼントしておこう。

【スタートの前《まえ》に】できみにヒントを出《だ》しているよね。「**そで**」と「**もくじ**」を参考《さんこう》にするんだ！

お城《しろ》をドラゴンに燃《も》やされてしまった王《おう》さまは、ねこと町《まち》の小《ちい》さな家《いえ》に引《ひ》っこすことになった。

でも、このねこが知恵者《ちえしゃ》だった。お城《しろ》でしていたことを町《まち》でもできるよう、アイデアを出《だ》してくれる。王《おう》さまたちの家《いえ》のとなりのクロムウェル一家《いっか》をパーティーに招待《しょうたい》し……。

もちろん、まる写《うつ》しはしないでね。続《つづ》きはきみにまかせたよ！

Q2 注目《ちゅうもく》したところは?

解答例《かいとうれい》 **この王《おう》さまは、どのしごともたいへん上手《じょうず》でした。たとえば、赤《あか》いじゅうたんの上《うえ》を歩《ある》いたり、みんなの前《まえ》で話《はなし》をしたり、おいわいごとのときにはテープカットをしたり……。おもいかんむりを、おとさないように頭《あたま》にのせていることだって、できたのです。**

うぅぅん。

「じぶんでドアをあけたことがありません」、そんな王《おう》さま。

「余《よ》は、しんしつにおるぞ！　入《はい》りたまえ！」、なんて言《い》っちゃう王《おう》さま。

町《まち》に住《す》んでるのに、王《おう》かんをずっと、ベッドでもかぶっている王《おう》さま。

きみ、こんな王《おう》さまと、仲良《なかよ》くできる?

《?=疑問《ぎもん》のもやもや》

学校《がっこう》では「**?=疑問《ぎもん》**」なんてもたないほうがいい、と教《おし》えられる。

「?」はわかりませんと自白《じはく》することになるからね。

でも、読書感想文《どくしょかんそうぶん》では、「**?=もやもや**」が大事《だいじ》なんだよ。

王《おう》さまの仕事《しごと》について、こんなことが書《か》かれている。

この王《おう》さまは、どのしごともたいへん上手《じょうず》でした。たとえば、赤《あか》いじゅうたんの上《うえ》を歩《ある》いたり、みんなの前《まえ》で話《はなし》をしたり、おいわいごとのときにはテープカットをしたり……。おもいかんむりを、おとさないように頭《あたま》にのせていることだって、できたのです。

使《つか》えないじゃん! こんな能力《のうりょく》!

お城《しろ》では、十二人《じゅうににん》のめしつかいがいて、ほかのしごとはぜんぶ、その人《ひと》たちが、やってくれました。

イラストでかかれていたけど、めしつかいたちがしていたことは、**炊事《すいじ》、掃除《そうじ》、洗《せん》たく、木々《きぎ》の世話《せわ》、電話《でんわ》に出《で》る、ゴミ出《だ》し**……など。
つまり、王《おう》さまは、町《まち》の生活《せいかつ》でだれもがしなければいけないことは、何一《なにひと》つできない、ということだ。

で、こんな王《おう》さまに、ねこがずっとくっついているのはなんでだろう？
クロムウェルの家族《かぞく》みんなと仲良《なかよ》くできたのは、なんでだろう？
で、こんな王《おう》さまにどんな仕事《しごと》ができるようになるの？
どうにも、この「**？＝もやもや**」を解決《かいけつ》せずにはいられないよね？

Q3 この本《ほん》のテーマは何《なに》？

解答例《かいとうれい》　「**遊《あそ》び**」

『長《なが》ぐつをはいた猫《ねこ》』の猫《ねこ》は、とっても有能《ゆうのう》で、世界一《せかいいち》かしこい猫《ねこ》だ。
でも、この猫《ねこ》は粉《こな》ひきの従者《じゅうしゃ》として、粉《こな》ひきを王《おう》さまにするために策《さく》

略《りゃく》をめぐらす。

そのために、だれかをだますことだってある。

いっぽう、『ねこと王《おう》さま』の関係《かんけい》は？

「きみほどすばらしいともだちは、どこをさがしてもいないにちがいない」

ね、こちらのねこと王《おう》さまは、**友《とも》だち**なんだ。どうやら、この一人《ひとり》と一《いっ》ぴきは、まわりのみんなとも友《とも》だちになりたいと思《おも》っているようだ。

でも、どうやって？

読書感想文《どくしょかんそうぶん》に関《かん》する誤解《ごかい》の一《ひと》つに、「正《ただ》しいことを書《か》かなければ」がある。

《はじめに》にも書《か》いたけれど、一般的《いっぱんてき》に、読書感想文《どくしょかんそうぶん》で求《もと》められるのは、**「正《ただ》しい意見《いけん》」じゃない**。きみの体験《たいけん》や思《おも》いを読《よ》みたい。

この課題図書《かだいとしょ》から、どんな思《おも》いを受《う》け取《と》るか、どんな体験《たいけん》と重《かさ》ね合《あ》わせるか、そこにきみだけのオリジナルがあらわれる。

だから、勇気《ゆうき》をもって、考《かんが》え出《だ》したきみの意見《いけん》を発表《はっぴょう》しよう！

さて、みんなと仲良《なかよ》くしたい王《おう》さまとねこ。そんな二人《ふたり》は、いつも楽《たの》しそう。それはなぜかな？

二人《ふたり》の生活《せいかつ》は**遊《あそ》び**でいっぱい。フリーマーケットでも、スーパーマーケットでも、バスの中《なか》でも、ねこと王《おう》さまは**遊《あそ》んでいる。**

その**遊《あそ》び**に、まわりの人《ひと》たちもつられて笑顔《えがお》になっていくようだね。

Q4 この本《ほん》を読《よ》んで考《かんが》えてみたいことは？

解答例《かいとうれい》「ぼくたちはいろんな人《ひと》といっしょにくらしている。人《ひと》とともにくらすなかで、大事《だいじ》なことって何《なん》だろう？」

Q5 体験《たいけん》、あるいは比《くら》べて読《よ》んだむかし話《ばなし》は？

解答例《かいとうれい》「しょじょ寺《じ》のたぬきばやし」

読書感想文《どくしょかんそうぶん》には、きみの体験《たいけん》があったほうがいい。確《たし》かに、ぼくの生徒《せいと》たちでも、「独自《どくじ》の体験《たいけん》」を書《か》いた子《こ》どもたちが入賞《にゅうしょう》している。

でもさ、親《した》しい人《ひと》が亡《な》くなっていたり、戦争《せんそう》をしていたり、あるいは、とんでもなく遠《とお》くの異国《いこく》から転入生《てんにゅうせい》が来《き》たりする課題図書《かだいとしょ》もある。「ケンカ」くらいの体験《たいけん》ならありそうだけど、そんなさ、「死《し》」や「戦争《せんそう》」、「異国《いこく》からの転入生《てんにゅうせい》」の体験《たいけん》なんて、やっぱりめずらしいよね。

そこで、ぼくからのアイデアを贈《おく》ろう。むかし話《ばなし》を使《つか》って体験《たいけん》のかわりにするんだ。特《とく》に、日本《にほん》むかし話《ばなし》なら日本人《にほんじん》の心《こころ》の読《よ》みものとして、だれとでも共有《きょうゆう》できるよね。

読《よ》み比《くら》べるなら、日本《にほん》むかし話《ばなし》くらいみんなが知《し》っているものにしよう。

テーマを「**遊《あそ》び**」にしたきみには、「**しょじょ寺《じ》のたぬきばやし**」がオススメだ。

「しょ、しょ、しょじょじ。しょじょじの庭《にわ》は、ツ、ツ、月夜《つきよ》だ、みんな出《で》て来《こ》い、来《こ》い、来《こ》い」

ほかのむかし話《ばなし》と
比《くら》べてみてもいいよ！

野口雨情《のぐちうじょう》のこの童謡《どうよう》で有名《ゆうめい》な「**しょじょ寺《じ》のたぬきばやし**」。図書館《としょかん》で借《か》りて読《よ》むこともできるし、インターネットでも読《よ》むことができるだろう。

ここでは、さらりと物語《ものがたり》の紹介《しょうかい》をしておこう。

山《やま》に囲《かこ》まれたお寺《てら》があった。山《やま》にはたくさんたぬきが住《す》んでいて、毎《まい》夜《よ》、毎夜《まいよ》、お寺《てら》に集《あつ》まってえん会《かい》をする。

お寺《てら》にいろんなお坊《ぼう》さんたちがやってきて、たぬきをこらしめようとするのだが、けっきょくたぬきたちにおどかされて、逃《に》げ出《だ》してしまっていた。

そんなお寺《てら》に、一人《ひとり》のお坊《ぼう》さんがやってきた。これまでどおりにたぬきたちは、おどかしてお寺《てら》から追《お》い出《だ》そうとするのだが、このお坊《ぼう》さん、たぬきたちといっしょに、はらつづみを打《う》って遊《あそ》びだす。

けっきょく、お坊《ぼう》さんはたぬきたちと仲良《なかよ》くなってしまった。

実際《じっさい》に、この物語《ものがたり》の舞台《ぶたい》となったお寺《てら》が千葉県木更津市《ちばけんきさらづし》にあるんだって！

大人《おとな》はなぜ、遊《あそ》びよりも
仕事《しごと》を大事《だいじ》にするんだろうね。

證誠寺《しょうじょうじ》というお寺《てら》だ。近《ちか》くに住《す》んでいたら参拝《さんぱい》してみよう。

Q6 きみの意見《いけん》は何《なに》？

解答例《かいとうれい》「オトナたちを見《み》ていると、楽《たの》しそうにしている人《ひと》が少《すく》ないように感《かん》じる。ニュースを見《み》ていても、楽《たの》しそうなものはあまり見《み》られない。

そりゃあ、仕事《しごと》は大変《たいへん》だと思《おも》うし、子《こ》どもにはわからない悩《なや》みもあるのだと思《おも》う。でも、この王《おう》さまとねこは、大変《たいへん》な仕事《しごと》に知恵《ちえ》を加《くわ》えて、遊《あそ》びに変《か》えていった。

放《ほう》り出《だ》したいほどつらい仕事《しごと》も、はずかしくて逃《に》げ出《だ》したい仕事《しごと》も、それを遊《あそ》びにしちゃえばいい。遊《あそ》べるかどうかは、自分《じぶん》の工夫《くふう》しだいだ。

遊《あそ》びによって仕事《しごと》が進《すす》むだけじゃなく、まわりの人《ひと》も笑顔《えがお》にできるし、そして仲間《なかま》もたくさんつくれる。遊《あそ》びは人生《じんせい》になくてはならないものだ」

さて、最後《さいご》の一歩《いっぽ》。それは、【Q4 この本《ほん》を読《よ》んで考《かんが》えてみたい

ことは？】への、きみの答《こた》えだ。きみの意見《いけん》だ。
でも、ここで「正《ただ》しい答《こた》え」を書《か》こうとしないで。お母《かあ》さんやお父《とう》さんと話《はなし》をしながら、きみが出《だ》した答《こた》え、それがおもしろいんだからね！

Q1

あらすじを書《か》こう！

この本《ほん》は、どういう話《はなし》だったかな？　かんたんなあらすじを書《か》いてみよう。

ポリぶくろ、1まい、すてた

ミランダ・ポール　文《ぶん》
エリザベス・ズーノン　絵《え》
藤田千枝《ふじたちえ》　訳《やく》
さ・え・ら書房《しょぼう》

Q2

注目《ちゅうもく》したところは？

本《ほん》の中《なか》で、きみが注目《ちゅうもく》した人《ひと》、言葉《ことば》、場面《ばめん》をあげてみて。

すぐに解答例《かいとうれい》を見《み》ないで、
自分《じぶん》の言葉《ことば》で答《こた》えよう！

Q3

この本《ほん》のテーマは何《なに》？

この本《ほん》のテーマは何《なん》だと思《おも》う？

Q4

この本《ほん》を読《よ》んで考《かんが》えてみたいことは？

この本《ほん》を読《よ》んで考《かんが》えてみたいことは何《なに》かな？
質問《しつもん》の形《かたち》で書《か》いてみよう。

Q5

体験《たいけん》、あるいは比《くら》べて読《よ》んだむかし話《ばなし》は？

この本《ほん》の内容《ないよう》を、きみが知《し》っているむかし話《ばなし》やぐう話《わ》と比《くら》べてみよう。もちろん、きみ自身《じしん》で見《み》つけてきた、課題図書《かだいとしょ》に近《ちか》い物語《ものがたり》や体験《たいけん》でもオッケーだ！

Q6

きみの意見《いけん》は何《なに》？

Q4で書《か》いた問題《もんだい》に、きみならどのような答《こた》えを出《だ》すかな？

解《かい》答《とう》例《れい》と解《かい》説《せつ》

【スタートの前《まえ》に】

この女性《じょせい》は、アフリカの女性《じょせい》かな？ 後《うし》ろにいるのは、シカかな？ 温《あたた》かい絵《え》だけど、なぜか青色《あおいろ》の奇妙《きみょう》な物体《ぶったい》が……。これ、きっと『ポリぶくろ、1まい、すてた』のポリぶくろだよね。

さて、去年《きょねん》もきみは読書感想文《どくしょかんそうぶん》を書《か》いただろうか？ もし、うれしいことに去年《きょねん》もこのドリルを買《か》っていてくれたら、同《おな》じことを聞《き》かされることになるね。ごめん。

きみ、いきなり本文《ほんぶん》を読《よ》みはじめていないよね？

さっそく、いきおいこんでページをめくってはダメだ。それだと、おいしい「**？**」に気《き》づけないぞ！

《はじめに》にも書《か》いたけど、読《よ》んでくれたかな？ 「**いきなり読《よ》むこと禁止《きんし》**」！

で、「表紙《ひょうし》」を見《み》ました。ではもう、本文《ほんぶん》にいきますか？ まだダメ！ 「そで」を読《よ》んでみよう。「そで」とは表紙《ひょうし》の折《お》り返《かえ》しの部分《ぶぶん》だ。

「そで」にこんなことが書《か》いてあるね。

ポリぶくろはべんりでつかいやすいけれど、たくさんすてられて、たくさんのゴミになっています。このゴミはびょうきのもとになることがあります。

きみ、知《し》ってた？

ポリぶくろって、ぼくたちはどこで目《め》にするだろうか？　ぼくたちが気軽《きがる》に何気《なにげ》なく使《つか》っているこのポリぶくろが、病気《びょうき》のもとになるって？　だったら、地球《ちきゅう》も病気《びょうき》になっちゃうのかな？

さらに、こんなことも書《か》いてある。

アイサトはじぶんたちでなんとかしようと、なかまたちといっしょにたちあがりました。

「**自分《じぶん》たちでなんとかしよう**」、きみはこんな気持《きも》ちをもっているかな？

ぼく？　ぼくは家族《かぞく》の未来《みらい》を守《まも》ろうという気持《きも》ちが、「自分《じぶん》でなんとかする」へと変化《へんか》したよ。

「**これからも、きれいな村《むら》でくらしていけるように**」立《た》ち上《あ》がったアイ

サトたちのようにね。

さて、ここまでしっかり準備《じゅんび》できたら、本文《ほんぶん》を読《よ》もう！　ぼんやり読《よ》んじゃダメだよ。

たくさんの「？」を見《み》つけていこう！　チェックして、メモしながら読《よ》んでいこうね。

Q1 あらすじを書《か》こう！

解答例《かいとうれい》　あらすじのヒントを、説明《せつめい》の最後《さいご》に書《か》いておこう。

さて、いよいよ《あらすじ》の時間《じかん》だ。

でもね。その作業《さぎょう》の前《まえ》に、聞《き》いておこう。

この本《ほん》を一回《いっかい》読《よ》んだだけ、かな？

《はじめに》にも書《か》いてあったよね？　「**きれいに読《よ》む**」**こと禁止《きんし》**！

本《ほん》を読《よ》みながら、「**！＝感動《かんどう》のわくわく**」と「**？＝疑問《ぎもん》のもやもや**」を本《ほん》にチェックしていこう。

もう一度《いちど》書《か》くけど、ここをさぼってしまうと、よい感想文《かんそうぶん》になるどころか、「感想文《かんそうぶん》が書《か》けない」と苦《くる》しむだけになってしまう。それはNG《エヌジー》！

だから、チェックなどをするためにも、少《すく》なくとも二回《にかい》は読《よ》んでいるはずだ。

「めんどーだから、すぐに終《お》わらせたい！」、そんな気持《きも》ちなら、読《よ》むのをやめてしまおう。外《そと》に出《で》て、深呼吸《しんこきゅう》しよう！　それで、体《からだ》を動《うご》かして遊《あそ》んじゃおう！　それからまた、本《ほん》を読《よ》めばいい。準備《じゅんび》ができたら、また会《あ》おうね。

さて、いよいよあらすじだ。

《あらすじ》を書《か》くことは、三《さん》、四年生《よねんせい》でははじめてかもしれない。

だから、ナイショで素敵《すてき》な方法《ほうほう》をきみに教《おし》えよう。

「この本《ほん》、こんな話《はなし》だったんだよ！」と**だれかに話《はな》してみよう！**

お母《かあ》さん、お父《とう》さん、あるいは友《とも》だちに、「こんな話《はなし》だったんだよ！」を伝《つた》えるんだ。

「え？」「もうちょっとわかりやすくして」とか、「それってどういうこと？」なんて、聞《き》いてくれた人《ひと》からの質問《しつもん》があったら、それらにち

やんと対応《たいおう》していこう。

きっと、二《に》、三回《さんかい》くり返《かえ》せば、素敵《すてき》なあらすじが書《か》けるはず。

ここの最後《さいご》に、要約《ようやく》のヒントをプレゼントしておこうね。でも「それで」をしっかり見《み》ているきみには、もうヒントなんて不要《ふよう》かもしれない。

「アフリカのガンビアというくにに、アイサトという女《おんな》の人《ひと》がいました。アイサトがすてた1まいのポリぶくろ。やがてゴミは2まいになり、それが10まいに、ついには100まいになりました。アイサトは、じぶんたちでなんとかしようと、なかまたちといっしょにたちあがりました」

ほら、そのままだけど、もう《あらすじ》になっている。あとは、何《なに》を始《はじ》めたか？だよね。

アイサトたちは、ポリぶくろを回収《かいしゅう》してきれいにあらって……、**「アイサトたちがつくったのは、ポリぶくろのひもであんださいふでした」**ということだ。

Q2 注目《ちゅうもく》したところは？

解答例《かいとうれい》「アイサトとペギイには、あるかんがえがありました。でもそれをいうには……。ともだちは、ばかげたかんがえだと思《おも》うかもしれない？　うまくいくかどうかもわからない？　おそるおそる、アイサトはじぶんの計画《けいかく》を話《はな》しました。

ともだちがひとり、てつだうって、いってくれました。てつだってくれる人《ひと》は、ふたりに。そして5人《にん》に！」

《！＝感動《かんどう》のわくわく》

きみが感動《かんどう》したところをえらんでみよう！　ぼくは、「解答例《かいとうれい》」の場面《ばめん》をえらんだ。

これまでとちがう、なにか新《あたら》しいことにチャレンジする。そのとき、チャレンジする本人《ほんにん》には、いろんな不安《ふあん》がおそってくるだろう。

その不安《ふあん》をのりこえていったアイサト、すごいね！

ぼくは思《おも》う。二人目《ふたりめ》や三人目《さんにんめ》と、最初《さいしょ》の一人《ひとり》って、だいぶちがいがあるはず。きみはどう思《おも》う？

学校《がっこう》では「**？＝疑問《ぎもん》**」なんてもたないほうがいい、と教《おし》えられる。「？」はわかりませんと自白《じはく》することになるからね。

でも、読書感想文《どくしょかんそうぶん》では、「**？＝もやもや**」が大事《だいじ》なんだよ。ここはどうかな？

《？＝疑問《ぎもん》のもやもや》

すてられたポリぶくろ1まいは、やがて2まいに。それが10まいに。ついには100まいに……。

ここだけじゃ、ぼくが「？」となったのはまだわからない。

こんなシーンもあったよね。

ひとりが、アイサトをわらいます。そして、ふたり。そして10人《にん》。そして……。

ひとりが、つくえの上《うえ》にお金《かね》をおきました。さいふをひとつえらび、

きみの身《み》の回《まわ》りで、
環境《かんきょう》破壊《はかい》が気《き》になるところは
ある?

ともだちのひとりに見《み》せました。そして、ふたりに。そして、10人《にん》に。

1が2になる。2が10になり、100になる。

ポリぶくろをすてるのも、バカにして笑《わら》うのも、いいことをするのも。

だれかが何《なに》かを始《はじ》める。すると、あっという間《ま》に、同《おな》じことをする人《ひと》が出《で》てくる。

なんで、こんなことになるんだろう?

Q3 この本《ほん》のテーマは何《なに》?

解答例《かいとうれい》「環境問題《かんきょうもんだい》」「覚悟《かくご》」「孤独《こどく》」

・**「環境問題《かんきょうもんだい》」**

この本《ほん》のメインテーマは、もちろん「**環境問題《かんきょうもんだい》**」だ。だから、いか

きみは、覚悟《かくご》を決《き》めて何《なに》かをやったことってある？

にきみが「環境問題《かんきょうもんだい》」に取《と》り組《く》んでいくかを考《かんが》えてみるのもいいだろう。

でもね、読書感想文《どくしょかんそうぶん》に関《かん》する誤解《ごかい》の一《ひと》つに、「正《ただ》しいことを書《か》かなければ」がある。

《はじめに》にも書《か》いたけど、読書感想文《どくしょかんそうぶん》で求《もと》められるのは、**「正《ただ》しい意見《いけん》」じゃない**。きみの体験《たいけん》だったり、きみの思《おも》いだったり、そういうのを読《よ》みたいんだ。

「環境問題《かんきょうもんだい》」でも、同《おな》じことが言《い》える。インターネットの情報《じょうほう》をうまくまとめた意見《いけん》ではなく、きみができること、もしくはきみがすでにやっていることを書《か》いてほしいんだ。

それが、アイサトへの礼《れい》ぎなんだとも思《おも》うよ。なんせ、かの女《じょ》は**「じぶんたちでなんとかしようと、なかまたちといっしょにたちあがりました」**のだからね。

・**「覚悟《かくご》」**

だから、別《べつ》のテーマも考《かんが》えてみた。「**覚悟**《かくご》」だ。

どれだけいいことを考《かんが》えても、それが正《ただ》しいことであっても、「だれかがやってくれる」という気持《きも》ちじゃ、アイサトにはなれない。笑《わら》われるかもしれないし、失敗《しっぱい》するかもしれないけど、「自分《じぶん》がやる」。それを「覚悟《かくご》」っていうんじゃない？

最初《さいしょ》の一人《ひとり》には、この覚悟《かくご》がある。二人目以降《ふたりめいこう》は、笑《わら》いも小《ちい》さいし、失敗《しっぱい》のリスクもどんどん小《ちい》さくなっていくだろう。

きみには、「自分《じぶん》がやる！」と手《て》をあげたことはある？

そんな体験《たいけん》はきっと、きみを大《おお》きく成長《せいちょう》させているだろう。

・「**孤独**《こどく》」

きみに質問《しつもん》だ。

「『孤独《こどく》』と『孤立《こりつ》』って、どうちがう？」

「論語《ろんご》」（辞書《じしょ》で調《しら》べてみて）に、「君子《くんし》は和《わ》して同《どう》ぜず。小人《しょうじん》は同《どう》じて和《わ》せず」という言葉《ことば》がある。

「立派《りっぱ》な人間《にんげん》は孤独《こどく》であり、協力《きょうりょく》はするがむやみに同調《どうちょう》はしない。つまらない人間《にんげん》は孤立《こりつ》をきらい、ただ同調《どうちょう》ばかりして協力《きょうりょく》はしない」って意味《いみ》だね。
西洋《せいよう》の考《かんが》えにも、「孤独《こどく》は大事《だいじ》」ってのがある。
たしかに、「孤立《こりつ》」はさけるべきだ。でも、「孤独《こどく》と孤立《こりつ》」をいっしょにしてしまうと、つまらない人間《にんげん》になってしまう。

ポリぶくろをすてるのも、「あ、だれかもうすててる。じゃあ、わたしも」なんて、つまらない考《かんが》えをしたんだろうね。バカにすることだって、きっとみんなが笑《わら》っているから笑《わら》ったんだろう。
でも、常識《じょうしき》とはちがう、新《あたら》しいことを始《はじ》めるときだって、ずいぶん孤独《こどく》なのだと思《おも》うよ。

Q4 この本《ほん》を読《よ》んで考《かんが》えてみたいことは？

解答例《かいとうれい》「なにか新《あたら》しいことにチャレンジする人《ひと》と、それより後《あと》の人《ひと》たちには、どのようなちがいがあるだろう？」

Q5 体験《たいけん》、あるいは比《くら》べて読《よ》んだむかし話《ばなし》は？

解答例《かいとうれい》　**「一寸法師《いっすんぼうし》」**

読書感想文《どくしょかんそうぶん》には、きみの体験《たいけん》があったほうがいい。確《たし》かに、ぼくの生徒《せいと》たちでも、「独自《どくじ》の体験《たいけん》」を書《か》いた子《こ》どもたちが入賞《にゅうしょう》している。

でもさ、親《した》しい人《ひと》が亡《な》くなっていたり、戦争《せんそう》をしていたり、あるいは、とんでもなく遠《とお》い異国《いこく》から転入生《てんにゅうせい》が来《き》たりする課題図書《かだいとしょ》もある。「ケンカ」くらいの体験《たいけん》ならありそうだけど、そんなさ、「死《し》」や「戦争《せんそう》」「異国《いこく》からの転入生《てんにゅうせい》」なんて、やっぱりめずらしいよね。

そこで、ぼくのアイデアをおくろう。むかし話《ばなし》を使《つか》って体験《たいけん》のかわりにするんだ。特《とく》に日本《にほん》むかし話《ばなし》なら、日本人《にほんじん》の心《こころ》の読《よ》み物《もの》として、だれとでも共有《きょうゆう》できるよね。

「**一寸法師《いっすんぼうし》**」。きみも知《し》っているよね。むかし話《ばなし》の中《なか》でも、かなり有《ゆう》名《めい》だ。

小指《こゆび》ほどの大《おお》きさしかない男《おとこ》の子《こ》。いや、おとなになっても小《ちい》さいままだったから、男《おとこ》の子《こ》ではないね。この一寸法師《いっすんぼうし》が、大志《たいし》をいだいて京都《きょうと》に出《で》る。
京都《きょうと》では、どんなことが起《お》こったんだろうね？
一寸法師《いっすんぼうし》は、最後《さいご》まで小《ちい》さいままだったのかな？

最近《さいきん》、日本《にほん》ではポリぶくろが有料《ゆうりょう》になりつつあるのは、なぜだろう。

Q6 きみの意見《いけん》は何《なに》？

解答例《かいとうれい》「どうしても、目《め》をそらしてはいけないことに気《き》がついてしまった。アイサトの場合《ばあい》は、ポリぶくろによって村《むら》の生《い》き物《もの》たちが死《し》んでいるということだった。わたしたちにも、目《め》をそらしてはいけないことがある。

環境問題《かんきょうもんだい》だってそうだ。いじめ問題《もんだい》だってそうだろう。それらは、『だれかが、何《なん》とかしてくれる』、そんな気持《きも》ちでは解決《かいけつ》しない問題《もんだい》だ。

そのとき、わたしたち一人《ひとり》ひとりが『自分《じぶん》がやる！』と手《て》をあげて、始《はじ》めなければならない。

手《て》をあげるのは笑《わら》われるかもしれない。始《はじ》めても失敗《しっぱい》するかもし

れない。でも、気《き》づいちゃったんだよね、いま始《はじ》めなければならないことがあると。それが覚悟《かくご》っていうものだ」

さて、最後《さいご》の一歩《いっぽ》。それは、**Q4【**この本《ほん》を読《よ》んで考《かんが》えてみたいことは?**】**への、きみの答《こた》えだ。きみの意見《いけん》だ。

でも、ここで「正《ただ》しい答《こた》え」を書《か》こうとしないで。お母《かあ》さんやお父《とう》さんと話《はなし》をしながら、きみが出《だ》した答《こた》え、それがおもしろいんだからね!

北極《ほっきょく》と南極《なんきょく》の「へぇ～」くらべてわかる地球《ちきゅう》のこと

中山由美《なかやまゆみ》　文《ぶん》・写真《しゃしん》
学研《がっけん》プラス

読《どく》書《しょ》感《かん》想《そう》文《ぶん》すらすらドリル

Q1

あらすじを書《か》こう!

この本《ほん》は、どういう話《はなし》だったかな?　かんたんなあらすじを書《か》いてみよう。

Q2

注目《ちゅうもく》したところは？

本《ほん》の中《なか》で、きみが注目《ちゅうもく》した人《ひと》、言葉《ことば》、場面《ばめん》をあげてみて。

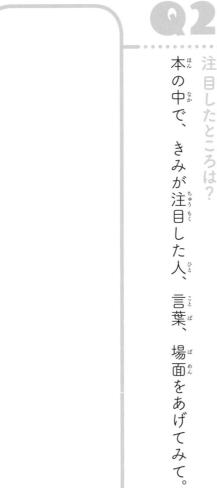

すぐに解答例《かいとうれい》を見《み》ないで、
自分《じぶん》の言葉《ことば》で答《こた》えよう！

Q3

この本《ほん》のテーマは何《なに》？

この本《ほん》のテーマは何《なん》だと思《おも》う？

Q4

この本《ほん》を読《よ》んで考《かんが》えてみたいことは？

この本《ほん》を読《よ》んで考《かんが》えてみたいことは何《なに》かな？
質問《しつもん》の形《かたち》で書《か》いてみよう。

Q5

体験《たいけん》、あるいは比《くら》べて読《よ》んだむかし話《ばなし》は？

この本《ほん》の内容《ないよう》を、きみが知《し》っているむかし話《ばなし》やぐう話《わ》と比《くら》べてみよう。もちろん、きみ自身《じしん》で見《み》つけてきた、課題図書《かだいとしょ》に近《ちか》い物語《ものがたり》や体験《たいけん》でもオッケーだ！

Q6

きみの意見《いけん》は何《なに》？

Q4で書《か》いた問題《もんだい》に、きみならどのような答《こた》えを出《だ》すかな？

解《かい》答《とう》例《れい》と解《かい》説《せつ》

【スタートの前《まえ》に】

かわいいイラストだね。しろくまさんとペンギン、あざらしに犬《いぬ》ぞりの犬《いぬ》たち。

タイトルもとてもわかりやすい。『北極《ほっきょく》と南極《なんきょく》の「へぇ～」くらべてわかる地球《ちきゅう》のこと』。

この本《ほん》を選《えら》んだきみは、北極《ほっきょく》と南極《なんきょく》のこと、そして地球《ちきゅう》のことを知《し》りたいんだよね？　この本《ほん》はまさに、その「知《し》りたい」に答《こた》えてくれるだろう。

じゃあさっそく……！なんて、勢《いきお》いこんでページをめくってはダメだ。それだと、おいしい「**？**」に気《き》づけないぞ！

《はじめに》にも書《か》いたけど、読《よ》んでくれたかな？「**いきなり読《よ》むこと禁止《きんし》**」！

表紙《ひょうし》をじっくり味《あじ》わったら、次《つぎ》はカバーの「そで」を見《み》てみよう。「そで」ってのは、カバーの折《お》り返《かえ》しのことだね。そこには、本《ほん》のおもしろヒントが書《か》かれていることが多《おお》い。どうかな？

- **北極《ほっきょく》と南極《なんきょく》、どちらが寒《さむ》い？**
- **氷《こおり》の量《りょう》はどちらが多《おお》いの？**
- **動物《どうぶつ》が人間《にんげん》に近寄《ちかよ》ってくるのはどっち？**

おお！ どっちだ？ まあ、答《こた》えはきみはもう読《よ》んで知《し》っているだろうから書《か》かないけど、「そで」でわかることはまだある。

極地《きょくち》のすばらしさにふれながら、地球《ちきゅう》に起《お》こっていることを知《し》ろう。

そうなんだよな。「**地球《ちきゅう》に何《なに》が起《お》こっているか？**」——これは大事《だいじ》なテーマだ。

「もくじ」を見《み》れば、さらにくわしくわかるよ。特《とく》に第四章《だいよんしょう》に注目《ちゅうもく》！

「南極《なんきょく》・北極《ほっきょく》から見《み》える地球環境《ちきゅうかんきょう》の変化《へんか》」

やっぱりそこだね……。

いま、地球《ちきゅう》は大変《たいへん》なことになっている。その原因《げんいん》が、オトナたちにあるのはまちがいない！ この課題図書《かだいとしょ》で読書感想文《どくしょかんそうぶん》を書《か》くというこ

とは、つまり、子《こ》どものきみだからこそできる発言《はつげん》をして、オトナたちの目《め》を覚《さ》ましてやることだ！
『北極《ほっきょく》と南極《なんきょく》の「へぇ～」くらべてわかる地球《ちきゅう》のこと』にたくさんの「**？**」を見《み》つけていこう！　チェックやメモをしながら読《よ》んでいこうね。

Q1 あらすじを書《か》こう！

解答例《かいとうれい》　あらすじのヒントを、説明《せつめい》の最後《さいご》に書《か》いておこう。

さて、いよいよ《あらすじ》の時間《じかん》だ。

三年生《さんねんせい》か四年生《よねんせい》のきみ、《あらすじ》ってのを書《か》いたことあるかな？

でもね。その作業《さぎょう》の前《まえ》に聞《き》いておこう。

きみはこの本《ほん》を一回《いっかい》読《よ》んだだけ、かな？

《はじめに》に書《か》いてあったよね？　**「きれいに読《よ》む」こと禁止《きんし》**！　本《ほん》を読《よ》みながら、**「！＝感動《かんどう》のわくわく」**と**「？＝疑問《ぎもん》のもやもや」**を本《ほん》

きみの言葉《ことば》で、
この本《ほん》のストーリーを
だれかに話《はな》してみよう！

にチェックしていこう。

もう一度《いちど》書《か》くけど、ここをさぼってしまうと、よい感想文《かんそうぶん》になるどころか、「感想文《かんそうぶん》が書《か》けない」と苦《くる》しむだけになってしまう。それはNG《エヌジー》！

だから、チェックなどをするためにも、少《すく》なくとも二回《にかい》は読《よ》んでいるはずだ。

「めんどーだから、すぐに終《お》わらせたい！」。そんな気持《きも》ちなら、読《よ》むのをやめてしまおう。外《そと》に出《で》て、深呼吸《しんこきゅう》しよう！ 体《からだ》を動《うご》かして遊《あそ》んじゃおう！ それからまた、本《ほん》を読《よ》めばいい。

準備《じゅんび》ができたら、また会《あ》おうね。

さて、いよいよあらすじだ。

《あらすじ》を書《か》くことは、三《さん》、四年生《よねんせい》ではまだ未経験《みけいけん》かもしれない。だから、ナイショで素敵《すてき》な方法《ほうほう》をきみに伝授《でんじゅ》しよう。

「この本《ほん》、こんな話《はなし》だったんだよ！」を**人《ひと》に聞《き》いてもらおう！**

お母《かあ》さん、お父《とう》さん、あるいは友《とも》だちに、「こんな話《はなし》だったんだよ！」を伝《つた》えるんだ。

「え？」「もうちょっとわかりやすくして」とか、「それってどういうこと？」なんて、聞《き》いてくれた人《ひと》からの質問《しつもん》があったら、それらにちゃんと対応《たいおう》していこう。

きっと、これを二《に》、三回《さんかい》くり返《かえ》せば、素敵《すてき》なあらすじが書《か》けるはず。

最後《さいご》に、あらすじのヒントをプレゼントしておこうね。

第一章《だいいっしょう》から第三章《だいさんしょう》までは、ぼくたちの知《し》らない**南極《なんきょく》と北極《ほっきょく》の**「へぇ～」が書《か》いてある。**人《ひと》が住《す》む北極《ほっきょく》**に、**人《ひと》が住《す》めない南極《なんきょく》**。著者《ちょしゃ》の中山《なかやま》さんの体験《たいけん》がそれぞれに書《か》いてあって、「へぇ～」がどんどん続《つづ》いていく。もう「へぇ～へぇ～へぇ～へぇ～……」くらいだ。

さて、問題《もんだい》の第四章《だいよんしょう》。

「**北極《ほっきょく》が大変《たいへん》なことに!?**」

「**海《うみ》の氷《こおり》がとけることと海面《かいめん》が上《あ》がること**」

「**問題《もんだい》なのは『温暖化《おんだんか》』だけではない**」

「**南極《なんきょく》の問題《もんだい》**」

この章《しょう》に置《お》かれた項目《こうもく》を並《なら》べてみると、キーワードも見《み》えてくるよね。

北極《ほっきょく》で、南極《なんきょく》で、どんな変化《へんか》があるのか？ それが地球《ちきゅう》のどんな危《き》機《き》を教《おし》えてくれるのか？

この第四章《だいよんしょう》は、きみの読書感想文《どくしょかんそうぶん》の中心《ちゅうしん》になっていくから、いっそうていねいにまとめていこうね。

Q2 注目《ちゅうもく》したところは？

解答例《かいとうれい》「わたしたちが便利《べんり》な生活《せいかつ》をしようと、冷房《れいぼう》や暖房《だんぼう》で電気《でんき》をいっぱい使《つか》ったり、車《くるま》や飛行機《ひこうき》など乗《の》りものをたくさん使《つか》ったりして、二酸化炭素《にさんかたんそ》を多《おお》く出《だ》せば、地球《ちきゅう》はあたたかくなっていきます。人間《にんげん》のせいで天気《てんき》も自然《しぜん》もおかしくなっていくことは、止《と》めなくてはいけません」

《？＝疑問《ぎもん》のもやもや》

学校《がっこう》では「**？＝疑問《ぎもん》**」なんてもたないほうがいい、と教《おし》えられる。「？」はわかりませんと自白《じはく》することになるからね。

でも、読書感想文《どくしょかんそうぶん》では、「**？＝もやもや**」が大事《だいじ》なんだよ。ここはどうかな？

わたしたちが便利《べんり》な生活《せいかつ》をしようと、冷房《れいぼう》や暖房《だんぼう》で電気《でんき》をいっぱい使《つか》ったり、車《くるま》や飛行機《ひこうき》など乗《の》りものをたくさん使《つか》ったりして、二酸化炭素《にさんかたんそ》を多《おお》く出《だ》せば、地球《ちきゅう》はあたたかくなっていきます。人間《にんげん》のせいで天気《てんき》も自然《しぜん》もおかしくなっていくことは、止《と》めなくてはいけません。

地球《ちきゅう》がおかしくなっているのは、火《ひ》を見《み》るより明《あき》らか。止《と》めよう、そんなバカなこと！

ここは、バカなオトナたちにガツンと一《いち》げきくらわして、このおかしくなった地球《ちきゅう》を、健康《けんこう》な地球《ちきゅう》に戻《もど》そうよ！

でも、「どうやって？」「何《なに》をすればいいの？」。ここが「**？**」になるね。

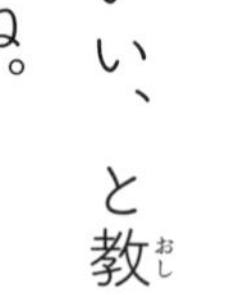

この本《ほん》はわたしたちに
何《なに》を伝《つた》えようとしているのかな。

遠《とお》い昔《むかし》から続《つづ》いていた北極《ほっきょく》の先住民《せんじゅうみん》たちの伝統《でんとう》や生活《せいかつ》は、消《き》えてしまいそうです。便利《べんり》で快適《かいてき》なことを追《お》いつづけてきたわたしたちは、地球《ちきゅう》環境《かんきょう》をよごして、こわしてきました。もう一度《いちど》、彼《かれ》らのような「自然《しぜん》とともに生《い》きる」すべを思《おも》い出《だ》さなくてはいけないときだと思《おも》います。

そうだ！　ここが「**どうやって？**」のヒントになるね。

消《き》えてしまった生活《せいかつ》や伝統《でんとう》を、もう一度《いちど》、取《と》りもどしていこう。大《だい》事《じ》なのは、日本人《にほんじん》も、昔《むかし》は「**自然《しぜん》とともに生《い》き**」てきたことだよね。

もしくは、現代日本《げんだいにほん》にも「**自然《しぜん》とともに生《い》き**」ている人《ひと》たちがいるかもしれない！　それを調《しら》べてみよう！

Q3 この本《ほん》のテーマは何《なに》？

解答例《かいとうれい》「**自然《しぜん》とともに生《い》きる**」

『北極《ほっきょく》と南極《なんきょく》の「へぇ～」 くらべてわかる地球《ちきゅう》のこと』には、一《ひと》つの重要《じゅうよう》なテーマがある。このテーマを見逃《みのが》してしまっては、この本《ほん》の

価値《かち》を下《さ》げてしまうことになるだろう。

そのテーマとは……、**「自然《しぜん》とともに生《い》きる」**だ。

この課題図書《かだいとしょ》は、物語《ものがたり》やファンタジーとはちがう。科学的《かがくてき》な好奇心《こうきしん》を満《み》たしてくれるものでもない。著名人《ちょめいじん》の伝記《でんき》でもない。むしろ、一《ひと》つの問題提起《もんだいていき》にそってつくり上《あ》げられている。

ここまでテーマがはっきりしていると、そのテーマに堂々《どうどう》とチャレンジすることができるよね。

でもね、読書感想文《どくしょかんそうぶん》に関《かん》する誤解《ごかい》の一《ひと》つに、「正《ただ》しいことを書《か》かなければ」がある。

《はじめに》にも書《か》いたけど、一般的《いっぱんてき》に、読書感想文《どくしょかんそうぶん》で求《もと》められるのは、**「正《ただ》しい意見《いけん》」じゃない**。きみの体験《たいけん》だったり、きみの思《おも》いだったり、そういうのを読《よ》みたいんだ。

じゃあ、この本《ほん》のテーマを「自然《しぜん》とともに生《い》きる」にしぼったうえで、どこにきみのオリジナルが表現《ひょうげん》されるのかな？

それは、きみがオトナたちに提言《ていげん》する「自然《しぜん》とともに生《い》きる」**具体《ぐたい》**

的《てき》な生《い》き方《かた》だ。

すでにきみにアイデアがあるなら、それを書《か》いてみよう。なぜ、それがおかしくなった自然《しぜん》と地球《ちきゅう》を健《すこ》やかなものにするのか？　しっかり理由《りゆう》も書《か》いてね。

もし、まだアイデアがないのなら、調《しら》べてみよう。ヒントはここにある。

「遠《とお》い昔《むかし》から続《つづ》いていた北極《ほっきょく》の先住民《せんじゅうみん》たちの伝統《でんとう》や生活《せいかつ》」

日本《にほん》にももちろん、伝統的《でんとうてき》な生活《せいかつ》があった。それを見直《みなお》し、取《と》り戻《もど》そうと活動《かつどう》している、目《め》が覚《さ》めたオトナたちもいる。もしかしたら、きみのおばあちゃんかもしれないぞ！

さらにもしかしたら、きみのお母《かあ》さんかもしれない。そんなオトナたちを探《さが》して、話《はなし》を聞《き》きにいこう！

直接《ちょくせつ》、話《はなし》を聞《き》きにいけなくても、インターネットや本《ほん》で調《しら》べて、それを読《よ》むことも、話《はなし》を聞《き》くことになるんだよ。

ぼくが注目《ちゅうもく》したい「生《い》き方《かた》」はコレだ。
「保存食《ほぞんしょく》を選《えら》んで、食《た》べる」。

「**保存食**《ほぞんしょく》って何《なに》？」と聞《き》かれて、きみは何《なに》をあげるかな？

「**保存**《ほぞん》」という意味合《いみあ》いは、現代《げんだい》と昔《むかし》とではずいぶんちがっている。

昔《むかし》は、自然《しぜん》のサイクルにそった保存《ほぞん》をしていた。干物《ひもの》、お味噌《みそ》、梅《うめ》干《ぼ》し、酢《す》の物《もの》や漬物《つけもの》。

今《いま》は、化学的《かがくてき》な処理《しょり》がなされた、自然《しぜん》に負担《ふたん》をかけるものだ。

しかも、そんなものが安《やす》く大量《たいりょう》に生産《せいさん》されるものだから、賞味期限《しょうみきげん》を過《す》ぎてしまったものたちは、大量《たいりょう》に廃棄《はいき》される。「どうせ安《やす》かったから」、この一言《ひとこと》でね。それじゃあ、地球《ちきゅう》はどんどんおかしくなっていくよ！


安《やす》い大量生産物《たいりょうせいさんぶつ》より、日本古来《にほんこらい》の保存食《ほぞんしょく》を選《えら》び、それをきみが日々《ひび》、食《た》べるようにする。それをみんなで続《つづ》けていこうよ！

きっと地球《ちきゅう》はまた、健康《けんこう》になると思《おも》うな。

ほかのむかし話《ばなし》と
比《くら》べてみてもいいよ！

Q4 この本《ほん》を読《よ》んで考《かんが》えてみたいことは？

解答例《かいとうれい》 「『自然《しぜん》とともに生《い》きる』ってどんな生《い》き方《かた》かな？」

Q5 体験《たいけん》、あるいは比《くら》べて読《よ》んだむかし話《ばなし》は？

解答例《かいとうれい》 「わらしべ長者《ちょうじゃ》」

読書感想文《どくしょかんそうぶん》には、きみの体験《たいけん》があったほうがいい。確《たし》かに、ぼくの生徒《せいと》たちでも、「独自《どくじ》の体験《たいけん》」を書《か》いた子《こ》どもたちが入賞《にゅうしょう》している。

でもさ、親《した》しい人《ひと》が亡《な》くなっていたり、戦争《せんそう》をしていたり、あるいは、とんでもなく遠《とお》い国《くに》から転入生《てんにゅうせい》が来《き》たりする課題図書《かだいとしょ》もある。「ケンカ」くらいの体験《たいけん》ならありそうだけど、そんな「死《し》」や「戦争《せんそう》」、「異国《いこく》からの転入生《てんにゅうせい》」の体験《たいけん》なんて、やっぱりなかなかないよね。

そこで、ぼくのアイデアを贈《おく》ろう。むかし話《ばなし》を使《つか》って体験《たいけん》のかわりにするんだ。特《とく》に日本《にほん》むかし話《ばなし》なら、日本人《にほんじん》の心《こころ》の読《よ》みものとして、だれとでも共有《きょうゆう》できるよね。

まる写《うつ》しはしないでね！
きみの考《かんが》えを書《か》こう。

読《よ》み比《くら》べるなら、日本《にほん》むかし話《ばなし》くらいみんなが知《し》っているものにしよう。

「自然《しぜん》とともに生《い》きる」っていうテーマに使《つか》える日本《にほん》むかし話《ばなし》は、**「わらしべ長者《ちょうじゃ》」**だ。

地球《ちきゅう》のことをまったく考《かんが》えられないバカなオトナたち。なぜそんなにバカなのかというと、「オレがオレが」と、自分《じぶん》のことしか考《かんが》えていないからだ。となりにいる人《ひと》に気《き》を配《くば》ることもできない者《もの》が、地球《ちきゅう》を思《おも》いやるなんてできるはずはない。

そんな自分勝手《じぶんかって》なオトナたちと真逆《まぎゃく》の男《おとこ》が「わらしべ長者《ちょうじゃ》」だ。

わら一本《いっぽん》と思《おも》いやりだけで長者《ちょうじゃ》になったこの男《おとこ》。

日本《にほん》むかし話《ばなし》シリーズはとても読《よ》みやすいから、さっそく読《よ》んでみよう！

Q6 きみの意見《いけん》は何《なに》？

解答例《かいとうれい》「現代人《げんだいじん》は、自然《しぜん》の恵《めぐ》みへの感謝《かんしゃ》を忘《わす》れている。手《て》ごろで便《べん》

利《り》なものばかりが身《み》の回《まわ》りにあふれていると、そんな恵《めぐ》みを感《かん》じることもできないのだろう。

ぼくは、日本《にほん》伝統《でんとう》の食《しょく》の知恵《ちえ》を取《と》りもどしていこうと思《おも》う。日本《にほん》の保存食《ほぞんしょく》は、世界《せかい》で最《もっと》も評価《ひょうか》されているものの一《ひと》つだ。自然《しぜん》の恵《めぐ》みを余《あま》すところなく使《つか》い、しかもおいしい!

簡単便利《かんたんべんり》な食事《しょくじ》にしないよう、これからはぼくも、お母《かあ》さんの食《しょく》事《じ》の準備《じゅんび》を手伝《てつだ》おう! 自然《しぜん》にやさしいものは、ぼくたちにもやさしいもの。

『うめぼし』も、自然《しぜん》にやさしくておいしいことを知《し》った。お肉《にく》だって、『くんせい』にすると、また別《べつ》のおいしさがあるんだよ!」

さて、最後《さいご》の一歩《いっぽ》。それは、【Q4 この本《ほん》を読《よ》んで考《かんが》えてみたいことは?】への、きみの答《こた》えだ。きみの意見《いけん》だ。

でも、ここで「正《ただ》しい答《こた》え」を書《か》こうとしないで。お母《かあ》さんやお父《とう》さんと話《はなし》をしながら、きみが出《だ》した答《こた》え、それがおもしろいんだからね!

ヒロシマ
消《き》えたかぞく

A Family in Hiroshima
—Their Vanished Dreams
ヒロシマ
消えたかぞく
指田 和 写真・鈴木六郎
「この笑顔が
ずっとつづくと
思っていた」

指田和《さしだかず》 著《ちょ》
鈴木六郎《すずきろくろう》 写真《しゃしん》
ポプラ社《しゃ》

Q1

あらすじを書《か》こう！

この本《ほん》は、どういう話《はなし》だったかな？　かんたんなあらすじを書《か》いてみよう。

Q2

注目《ちゅうもく》したところは？

本《ほん》の中《なか》で、きみが注目《ちゅうもく》した人《ひと》、言葉《ことば》、場面《ばめん》をあげてみて。

すぐに解答例《かいとうれい》を見《み》ないで、
自分《じぶん》の言葉《ことば》で答《こた》えよう！

Q3

この本《ほん》のテーマは何《なに》？

この本《ほん》のテーマは何《なん》だと思《おも》う？

Q4

この本《ほん》を読《よ》んで考《かんが》えてみたいことは？

この本《ほん》を読《よ》んで考《かんが》えてみたいことは何《なに》かな？
質問《しつもん》の形《かたち》で書《か》いてみよう。

Q5

体験《たいけん》、あるいは比《くら》べて読《よ》んだむかし話《ばなし》は？

この本《ほん》の内容《ないよう》を、きみが知《し》っているむかし話《ばなし》やぐう話《わ》と比《くら》べてみよう。もちろん、きみ自身《じしん》で見《み》つけてきた、課題図書《かだいとしょ》に近《ちか》い物語《ものがたり》や体験《たいけん》でもオッケーだ！

Q6

きみの意見《いけん》は何《なに》？

Q4で書《か》いた問題《もんだい》に、きみならどのような答《こた》えを出《だ》すかな？

解《かい》答《とう》例《れい》と解《かい》説《せつ》

【スタートの前《まえ》に】

『ヒロシマ　消《き》えたかぞく』。いま、ぼくは表紙《ひょうし》を見《み》ている。そして「**？**」が浮《う》かんでいる。

なぜ、「広島《ひろしま》」ではなく「**ヒロシマ**」なの？　なぜ、「**A《ア》 Family《ファミリー》 in《イン》 Hiroshima《ヒロシマ》–Their《ゼア》 Vanished《バニシュト》 Dreams《ドリームズ》**」と英語《えいご》がそえられているの？

そして、この写真《しゃしん》はいつのもの？　この女《おんな》の子《こ》はだれ？

「ヒロシマ」は原爆《げんばく》を落《お》とされた「広島《ひろしま》」のことだよね。そして、英《えい》訳《やく》があるのは、原爆《げんばく》を落《お》としたのがアメリカだからだ……。

でも、この写真《しゃしん》の女《おんな》の子《こ》はだれ？　こちらも笑顔《えがお》になってしまうような、ほほえましい写真《しゃしん》だよね？

ところで……きみ。先《さき》に本《ほん》を読《よ》んだよ！なんて、ふてくされていない、よね？

それは、ダメ！　それだと、おいしい「**？**」に気《き》づけないぞ！

《はじめに》にも書《か》いたけど、読《よ》んでくれたかな？　「**いきなり読《よ》む**」**こと禁止《きんし》**！

表紙《ひょうし》からしっかり、メッセージを読《よ》み取《と》る！

で、その次《つぎ》は？　本文《ほんぶん》？

いや、本文《ほんぶん》にはまだ早《はや》い。「そで」を見《み》てみよう。「そで」とは表紙《ひょうし》の折《お》り返《かえ》しのことだ。

ここに、

「これは、太平洋戦争末期《たいへいようせんそうまっき》の昭和《しょうわ》20（1945）年《ねん》8月《がつ》6日《か》、広島《ひろしま》に一《いっ》発《ぱつ》の原子爆弾《げんしばくだん》が落《お》とされるまで確《たし》かに生《い》きていた家族《かぞく》の記録《きろく》です」

と書《か》いてあるね。

太平洋戦争《たいへいようせんそう》って、知《し》ってる？　どんな戦争《せんそう》だったの？　8月《がつ》6日《か》って、何《なん》の日《ひ》？　広島《ひろしま》に落《お》とされた**原子爆弾《げんしばくだん》**って、どんな爆弾《ばくだん》だったの？　その後《ご》、日本《にほん》はどのような国《くに》になっていった？

「**？**」をたくさん見《み》つけただろうか？

それをまず、メモしておこう。メモができたら、いよいよ本文《ほんぶん》だ。

読《よ》み終《お》わったら、また会《あ》おう。

解答例《かいとうれい》 あらすじの答《こた》えの例《れい》は、あえて書《か》かないでおこう。

Q1の解説《かいせつ》の前《まえ》に、きみに聞《き》きたいことがある。

この本《ほん》、何回《なんかい》読《よ》んだ？ 新品同様《しんぴんどうよう》に、本《ほん》がきれいなままになっていないかな？

《はじめに》にも書《か》いてあったよね？ 「**きれいに読《よ》む**」**こと禁止《きんし》**！ 本《ほん》を読《よ》みながら、「**！＝感動《かんどう》のわくわく**」と「**？＝疑問《ぎもん》のもやもや**」を本《ほん》にチェックしていこう。

もう一度《いちど》書《か》くけど、ここをさぼってしまうと、よい感想文《かんそうぶん》になるどころか、「感想文《かんそうぶん》が書《か》けない」と苦《くる》しむだけになってしまう。それはNG《エヌジー》！

万一《まんいち》、「めんどーだから、すぐに終《お》わらせたい！」、そんな気持《きも》ちなら、いったん、この本《ほん》も課題図書《かだいとしょ》も閉《と》じてしまおう！ 閉《と》じて、外《そと》に出《で》て、深呼吸《しんこきゅう》しよう！ 野球《やきゅう》でも散歩《さんぽ》でもしてみよう。

それからまた、本《ほん》を読《よ》めばいい。

マーカーチェックがしっかりできて準備《じゅんび》がそろったら、また会《あ》おう！

さて、いよいよ要約《ようやく》だ。

もし、きみが今《いま》、一人《ひとり》で机《つくえ》に座《すわ》って、原稿用紙《げんこうようし》を前《まえ》にしていたら、机《つくえ》から脱出《だっしゅつ》しよう！

そして、「この本《ほん》、こんな話《はなし》だったんだよ！」を**聞《き》いてくれる人《ひと》を探《さが》そう**。

お母《かあ》さん、お父《とう》さん、友《とも》だち、塾《じゅく》の先生《せんせい》。きみはその人《ひと》たちに向《む》かって、「こんな話《はなし》だったんだよ！」を伝《つた》えるんだ。それが要約《ようやく》になる。

ここまでちゃんと「NG《エヌジー》」を越《こ》えてきたきみに、要約《ようやく》のヒントをプレゼントしておこうね。

この「そで」の説明《せつめい》に、まさに「要約《ようやく》」されている。

「これは、太平洋戦争末期《たいへいようせんそうまっき》の昭和《しょうわ》20（1945）年《ねん》8月《がつ》6日《か》、広島《ひろしま》に一《いっ》発《ぱつ》の原子爆弾《げんしばくだん》が落《お》とされるまで確《たし》かに生《い》きていた家族《かぞく》の記録《きろく》です」

広島《ひろしま》や原爆《げんばく》について
書《か》かれた本《ほん》はたくさんある。
読《よ》んでみて！

「**わたし**」という語《かた》り手《て》は公子《きみこ》ちゃんだ。お父《とう》さんは鈴木六郎《すずきろくろう》さんだね。

公子《きみこ》ちゃんたち家族《かぞく》の写真《しゃしん》は、何《なに》を語《かた》っている？ そしてあの日《ひ》、何《なに》が起《お》こったの？

Q2 注目《ちゅうもく》したところは？

|解答例《かいとうれい》|「そして、読者《どくしゃ》のみなさんに心《こころ》から願《ねが》うことがあります。いまからそう遠《とお》くない昭和《しょうわ》の時代《じだい》に、この一家《いっか》と同《おな》じように戦争《せんそう》や原爆《げんばく》でいのちを落《お》とした、たくさんの家族《かぞく》があったことを決《けっ》してわすれないでほしいということです。また、戦争《せんそう》によるじん大《だい》な被害《ひがい》は日本《にほん》だけじゃなかったことも。

こんなことは二度《にど》とおこしてはならない。この一冊《いっさつ》をとおして、あなたのまわりのだれかと、いのちや平和《へいわ》について語《かた》りあえる機会《きかい》が生《う》まれることを願《ねが》っています」

《？＝疑問《ぎもん》のもやもや》

ルポルタージュ（取材《しゅざい》をもとにした、事実《じじつ》に基《もと》づく話《はなし》）は、小説《しょうせつ》のように想像力《そうぞうりょく》をはたらかせて「楽《たの》しませる」というより、事実《じじつ》の衝《しょう》げき力《りょく》をもって、ぼくたちに「考《かんが》えさせ」てくる。

そのため、作《つく》り手《て》の思《おも》いがはっきり書《か》かれていることが多《おお》いんだ。

この『ヒロシマ　消《き》えたかぞく』にも、著者《ちょしゃ》の指田《さしだ》さんの純粋《じゅんすい》で一《いち》途《ず》な思《おも》いが書《か》かれている。それはどこかな？

「本文《ほんぶん》だけ読《よ》む！」、そんなやっつけ仕事《しごと》だと、大事《だいじ》なメッセージを見落《みお》としてしまうよ。

本文《ほんぶん》に続《つづ》く、「**この胸《むね》に手《て》をあてる。トクトクと、たしかに感《かん》じる鼓《こ》動《どう》。このいのちを奪《うば》う権利《けんり》はだれにもない**」は読《よ》んだかな？

公子《きみこ》ちゃんたち家族《かぞく》の写真《しゃしん》と、それについての語《かた》りも大事《だいじ》。だけど、読書感想文《どくしょかんそうぶん》を書《か》くとなると、いっそう明確《めいかく》な思《おも》いが伝《つた》わったほうがいい。

この思《おも》いは、ほかならぬ著者《ちょしゃ》の思《おも》いだ。公子《きみこ》ちゃんたちの写真《しゃしん》は、最終的《さいしゅうてき》に、著者《ちょしゃ》の思《おも》いへとつながっていく。

なぜ、公子《きみこ》ちゃんたちは死《し》んじゃったの？
あれから戦争《せんそう》はなくなったの？
人間《にんげん》はみんな、平和《へいわ》にくらしている？

こんな「**？＝もやもや**」が大事《だいじ》なんだよ。そんな「**？**」のきっかけとして、「解答例《かいとうれい》」にあげた部分《ぶぶん》に注目《ちゅうもく》してみよう。

何《なに》かを見《み》る。何《なに》かを知《し》る。それはそれで貴重《きちょう》な経験《けいけん》だ。でも、それはまだ個人的《こじんてき》な体験《たいけん》でしかない。

この課題図書《かだいとしょ》を通《とお》して、「ヒロシマ」に起《お》こったこと、公子《きみこ》ちゃんたちに起《お》こったことを知《し》ることができた。

で、それからどうする？

「悲《かな》しいよね」「ひどいよね」「バカだよね」って気持《きも》ち、ぼくにもよくわかる。本当《ほんとう》に人間《にんげん》ってのは、悲《ひ》げき的《てき》だし、ひどいことをするし、バカだ。

でも、こんな感想《かんそう》で終《お》わってしまっては、公子《きみこ》ちゃんたちに起《お》こったことは、いつしか忘《わす》れられてしまうだろう。

そうならないためには、どうすればいい？

六郎《ろくろう》さんはなぜ、
たくさん写真《しゃしん》を撮《と》ったのかな。

Q3 この本《ほん》のテーマは何《なに》?

解答例《かいとうれい》「記録《きろく》する」「語《かた》り合《あ》う」

『ヒロシマ　消《き》えたかぞく』は、鈴木六郎《すずきろくろう》さんが残《のこ》した写真《しゃしん》たちを編《へん》集《しゅう》したものだ。

まず、きみに一《ひと》つ聞《き》こう。

六郎《ろくろう》さんは、どのような気持《きも》ちで写真《しゃしん》を撮《と》りはじめたと思《おも》う?

ここから、きみの読書感想文《どくしょかんそうぶん》のテーマを考《かんが》え出《だ》していこう。

読書感想文《どくしょかんそうぶん》に関《かん》する誤解《ごかい》の一《ひと》つに、「正《ただ》しいことを書《か》かなければ」がある。

《はじめに》にも書《か》いたけど、読書感想文《どくしょかんそうぶん》で求《もと》められるのは、**「正《ただ》しい意見《いけん》」じゃない**。きみの体験《たいけん》だったり、きみの思《おも》いだったり、そういうのを読《よ》みたいんだ!

さて、『ヒロシマ　消《き》えたかぞく』から聞《き》こえてきそうな、公子《きみこ》ち

ゃんや、公子《きみこ》ちゃんの兄弟姉妹《きょうだいしまい》の笑《わら》い声《ごえ》。彼《かれ》らの無垢《むく》な笑顔《えがお》、いたずら、魚《さかな》をとる喜《よろこ》び、どろんこで走《はし》り回《まわ》る姿《すがた》。その姿《すがた》を見《み》られることは、親《おや》としては至上《しじょう》の喜《よろこ》びだ。

そんな気持《きも》ちを残《のこ》したい、だから六郎《ろくろう》さんは写真《しゃしん》を撮《と》り続《つづ》けたのだよね。これは、親《おや》としての個人的《こじんてき》な記録《きろく》だ。個人的《こじんてき》な記録《きろく》には、個人的《こじんてき》な喜《よろこ》びがあればいい。

今《いま》どきのように、SNS《エスエヌエス》に上《あ》げて「いいね！」をもらおうなんて下心《したごころ》は、ちょっとみっともない。

けれど、六郎《ろくろう》さんの写真《しゃしん》たちが、別《べつ》の意味《いみ》を持《も》った。それがこの課題図書《かだいとしょ》だ。

その別《べつ》の意味《いみ》とは？

それが、まさに「**こんなことは二度《にど》とおこしてはならない。この一冊《いっさつ》をとおして、あなたのまわりのだれかと、いのちや平和《へいわ》について語《かた》りあえる機会《きかい》が生《う》まれることを願《ねが》っています**」だね。

個人的《こじんてき》な記録《きろく》としては、「日記《にっき》」もそうだ。それが、より広《ひろ》い意味《いみ》、忘《わす》れてはならない歴史的《れきしてき》な意味《いみ》をもったものとしては、『**アンネの日《にっ》**

記《き》』がある。

歴史的《れきしてき》な意味《いみ》をもつとき、それは「忘《わす》れられてしまいそうだけど、忘《わす》れてはいけない」ものへと変化《へんか》する。個人的《こじんてき》な記録《きろく》が、**歴史的《れきしてき》な記録《きろく》**へと変化《へんか》する。

さて、この歴史的《れきしてき》な記録《きろく》を読《よ》んで、これからぼくたちはどうすればいいだろう？

著者《ちょしゃ》の指田《さしだ》さんは、「**語《かた》り合《あ》おう**」と言《い》っている。これは大切《たいせつ》なことだ。

「語《かた》り合《あ》う」という一《ひと》つの行動《こうどう》が、各々《おのおの》の行動《こうどう》へとつながっていくだろう。

ここではぼくから、「**記録《きろく》する**」「**語《かた》り合《あ》う**」という二《ふた》つのテーマをプレゼントした。きみたちと共有《きょうゆう》できそうなテーマだとは思《おも》うけど、きみ自身《じしん》のテーマがあるともっと素晴《すば》らしいな！

Q4 この本《ほん》を読《よ》んで考《かんが》えてみたいことは？

解答例《かいとうれい》「戦争《せんそう》は公子《きみこ》ちゃんたちの命《いのち》を奪《うば》ってしまった。それほど、戦争《せんそう》は非道《ひどう》でおろかなことだ。戦争《せんそう》は二度《にど》とすべきではない。たしかに日本《にほん》は平和《へいわ》だけど、世界《せかい》では戦争《せんそう》がまだ起《お》こっている。ぼくたちはどうすればいいだろうか？」

Q5 体験《たいけん》、あるいは比《くら》べて読《よ》んだむかし話《ばなし》は？

解答例《かいとうれい》「かちかち山《やま》」

読書感想文《どくしょかんそうぶん》には、きみの体験《たいけん》があったほうがいい。確《たし》かに、ぼくの生徒《せいと》たちでも、「独自《どくじ》の体験《たいけん》」を書《か》いた子《こ》どもたちが入賞《にゅうしょう》している。

でもさ、親《した》しい人《ひと》が亡《な》くなっていたり、戦争《せんそう》をしていたり、あるいは、とんでもなく遠《とお》い異国《いこく》から転入生《てんにゅうせい》が来《き》たりする課題図書《かだいとしょ》もある。「ケンカ」くらいの体験《たいけん》ならありそうだけど、そんなさ、「死《し》」や「戦争《せんそう》」、「異国《いこく》からの転入生《てんにゅうせい》」の体験《たいけん》なんて、やっぱりめずらしいよね。

世界《せかい》ではまだ戦争《せんそう》をしている国《くに》もある。
それをどう考《かんが》えるかな？

そこで、ぼくからのアイデアを贈《おく》ろう。むかし話《ばなし》を使《つか》って体験《たいけん》のかわりにするんだ。特《とく》に、日本《にほん》むかし話《ばなし》なら日本人《にほんじん》の心《こころ》の読《よ》みものとして、だれとでも共有《きょうゆう》できるよね。

読《よ》み比《くら》べるなら、日本《にほん》むかし話《ばなし》くらいみんなが知《し》っているものにしよう。

「**かちかち山《やま》**」は、日本《にほん》むかし話《ばなし》の中《なか》では知名度《ちめいど》も抜群《ばつぐん》だし、内容《ないよう》のみじめさも抜群《ばつぐん》だろう。

なんせ、このいたずら好《ず》きでうそつきのたぬきは、おばあさんを殺《ころ》してしまっている。さらに、おばあさんのかたき討《う》ちのために、うさぎはさんざんたぬきを痛《いた》めつけて、最後《さいご》にはたぬきを泥舟《どろぶね》に乗《の》せて、川《かわ》に（もしくは湖《みずうみ》に）沈《しず》めて殺《ころ》してしまっている。

簡単《かんたん》にまとめてしまうと、「殺人《さつじん》が殺人《さつじん》で締《し》めくくられる」という話《はなし》だ。

これこそ、まさに戦争状態《せんそうじょうたい》だ。

このむかし話《ばなし》をもう一度《いちど》、読《よ》んでみよう。『ヒロシマ　消《き》えたかぞ

く』と読《よ》み合《あ》わせてみれば、きみの意見《いけん》がよりしっかりしたものになると思《おも》うよ。

Q6 きみの意見《いけん》は何《なに》?

解答例《かいとうれい》「世界《せかい》から戦争《せんそう》は、いつなくなるのだろう? 今《いま》でも変《か》わらず、公子《きみこ》ちゃんたちと同《おな》じように、殺《ころ》されて忘《わす》れられていくたくさんの家族《かぞく》がいる。

では、わたしたちはどうすればいいのだろう?

まず、忘《わす》れてはいけないことをきちんと知《し》ることが必要《ひつよう》だ。知《し》るだけでは平和《へいわ》につながらない。何《なに》かを実行《じっこう》していかなければならない。その事実《じじつ》について語《かた》り合《あ》うことは、まず実行《じっこう》の第一歩《だいいっぽ》になる。

語《かた》り合《あ》うことで、人々《ひとびと》はつながり合《あ》える。一人《ひとり》ひとりは小《ちい》さな力《ちから》でも、つながり合《あ》えば必《かなら》ず平和《へいわ》を守《まも》れるはずだ」

さて、最後《さいご》の一歩《いっぽ》。それは、【Q4 この本《ほん》を読《よ》んで考《かんが》えてみたいことは?】への、きみの答《こた》えだ。きみの意見《いけん》だ。

でも、ここで「正《ただ》しい答《こた》え」を書《か》こうとしないで。お母《かあ》さんやお父《とう》さんと話《はなし》をしながら、きみが出《だ》した答《こた》え、それがおもしろいんだからね！

月《るな》と珊瑚《さんご》

月と珊瑚
上條さなえ
「上空を爆音で飛び交う米軍機と、小学生少女たちの純粋な友情。それはまさしく沖縄の心が温まる物語でした。」
ジュンク堂書店 那覇店 森本浩平店長
講談社
ベストセラー『10歳の放浪記』の上條さなえ、渾身の書きおろし

上條《かみじょう》さなえ　著《ちょ》
講談社《こうだんしゃ》

読《どく》書《しょ》感《かん》想《そう》文《ぶん》すらすらドリル

Q1

あらすじを書《か》こう!

この本《ほん》は、どういう話《はなし》だったかな?　かんたんなあらすじを書《か》いてみよう。

Q2

注目《ちゅうもく》したところは？

本《ほん》の中《なか》で、きみが注目《ちゅうもく》した人《ひと》、言葉《ことば》、場面《ばめん》をあげてみて。

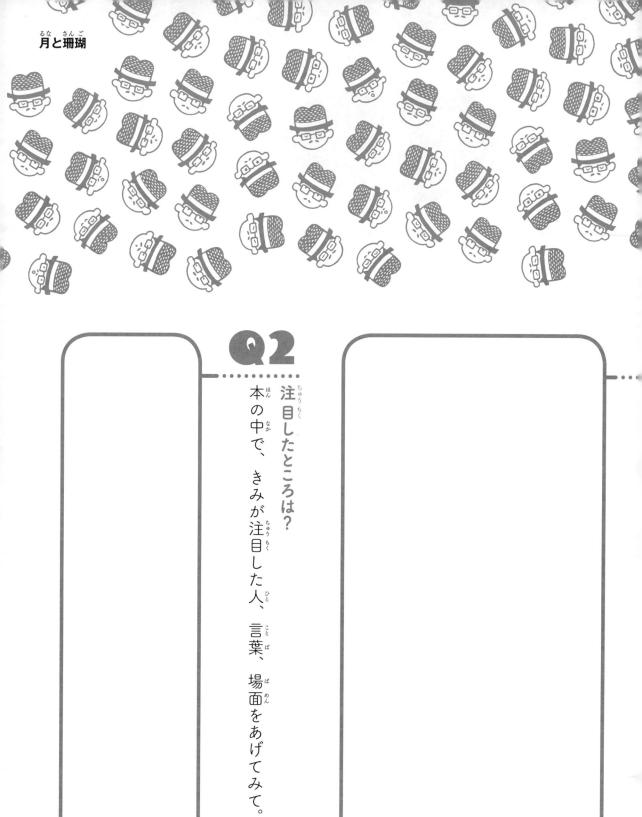

すぐに解答例《かいとうれい》を見《み》ないで、
自分《じぶん》の言葉《ことば》で答《こた》えよう！

Q3

この本《ほん》のテーマは何《なに》？

この本《ほん》のテーマは何《なん》だと思《おも》う？

Q4

この本《ほん》を読《よ》んで考《かんが》えてみたいことは？

この本《ほん》を読《よ》んで考《かんが》えてみたいことは何《なに》かな？
質問《しつもん》の形《かたち》で書《か》いてみよう。

Q5

体験《たいけん》、あるいは比《くら》べて読《よ》んだむかし話《ばなし》は？

この本《ほん》の内容《ないよう》を、きみが知《し》っているむかし話《ばなし》やぐう話《わ》と比《くら》べてみよう。もちろん、きみ自身《じしん》で見《み》つけてきた、課題図書《かだいとしょ》に近《ちか》い物語《ものがたり》や体験《たいけん》でもオッケーだ！

Q6

きみの意見《いけん》は何《なに》？

Q4で書《か》いた問題《もんだい》に、きみならどのような答《こた》えを出《だ》すかな？

解《かい》答《とう》例《れい》と解《かい》説《せつ》

【スタートの前《まえ》に】

きみは、どんな思《おも》いでこの『月《るな》と珊瑚《さんご》』を選《えら》んだのだろうか？　カバーの表紙《ひょうし》が、きみに何《なに》かをうったえたのかもしれないね。

たしかに、あわくて和《なご》やかな表紙《ひょうし》だ。女《おんな》の子《こ》が三人《さんにん》に、男《おとこ》の子《こ》が一人《ひとり》、かな？　どこの海《うみ》だろうね？　「月《るな》」って空《そら》の月《つき》？　「珊瑚《さんご》」って海《うみ》にあるきれいなもの？

こんなふうに、「？」を見《み》つけていこう。それがよい感想文《かんそうぶん》の肥《こ》やしになる。

「いきなり読《よ》む」こと禁止《きんし》！　《はじめに》に書《か》いておいたことだね。

さて、次《つぎ》に「そで」を見《み》てみようか。「そで」とは、カバーの折《お》り返《かえ》し部分《ぶぶん》のことだ。ここにも、「？」があるかもしれない。

私《わたし》は、泉《いずみ》さんの心《こころ》にとどくように歌《うた》った。それと、泉《いずみ》さんが沖縄《おきなわ》の六《ろく》月《がつ》をきらいにならないようにとねがいながら……。

「私《わたし》」と泉《いずみ》さんが、この小説《しょうせつ》で重要《じゅうよう》な役目《やくめ》をしていそうだね！

「私《わたし》」って主人公《しゅじんこう》でしょう？　だれだろうね？
「私《わたし》」は歌《うた》が得意《とくい》なのかな？　そして、表紙《ひょうし》の場所《ばしょ》は、沖縄《おきなわ》の海《うみ》かもしれないね。

「もくじ」もしっかりチェックしておこう！

「**わたしのちかい**」で、私《わたし》がわかりそうだ！

「**もう一人《ひとり》のオスカル**」って、あのオスカルに似《に》た人《ひと》のこと？

「**ルリバーが話《はな》してくれたこと**」なんてあるね。ルリバーって、人《ひと》？

どうやら重要人物《じゅうようじんぶつ》のようだ。要《よう》チェックだね。

「**てぃんさぐぬ花《はな》**」って、沖縄《おきなわ》の言葉《ことば》かな？

「**月《るな》の告白《こくはく》**」から、月《つき》と書《か》いて「るな」と読《よ》むんだね。どうやら、月《るな》という子《こ》が登場《とうじょう》するようだ。

で、最後《さいご》に「**月《るな》と珊瑚《さんご》**」。題名《だいめい》と同《おな》じ章《しょう》だね。ここがクライマックスなのかな？


さてさて、きみも「**？**」をたくさん見《み》つけたかな？　それをまず、メモしておこう！

メモできたら、いよいよ読《よ》みはじめよう！

読《よ》み終《お》わったら、また会《あ》おう！

Q1 あらすじを書《か》こう！

解答例《かいとうれい》　あらすじのヒントを、説明《せつめい》の最後《さいご》に書《か》いておこう。

どうだった、『月《るな》と珊瑚《さんご》』？　楽《たの》しかった？　感動《かんどう》した？

でも、「楽《たの》しかった！」で終《お》わらせてはだめだ。本《ほん》を読《よ》むということは、読者《どくしゃ》と作者《さくしゃ》との双方向《そうほうこう》のコミュニケーション。書《か》き手《て》にも届《とど》くようなレスポンスをしよう。それが読書感想文《どくしょかんそうぶん》になる。

ではまず、きみに聞《き》きたいことがある。

何回《なんかい》読《よ》んだ？　本《ほん》がきれいなままになっていないかな？

《はじめに》に書《か》いておいたよ。「**きれいに読《よ》む**」**こと禁止《きんし》**！って。

本《ほん》を読《よ》みながら、「**！＝感動《かんどう》のわくわく**」と「**？＝疑問《ぎもん》のもやもや**」を本《ほん》にチェックしていこう。

もう一度《いちど》書《か》くけど、ここをさぼってしまうと、よい感想文《かんそうぶん》になるどころか、「感想文《かんそうぶん》が書《か》けない」と苦《くる》しむだけになってしまう。それは

NG《エヌジー》!

万一《まんいち》、「めんどーだから、すぐに終《お》わらせたい!」、そんな気持《きも》ちなら、いったん、読《よ》むのをやめてしまおう。

外《そと》に出《で》て、深呼吸《しんこきゅう》しよう! それで、サッカーでも散歩《さんぽ》でもしてみよう。それからまた、本《ほん》を読《よ》めばいい。

ドッグイヤー(意味《いみ》は辞書《じしょ》を引《ひ》いてみて)やマーカーチェックなどで準備万端《じゅんびばんたん》になったら、また会《あ》おう!

もし、きみが今《いま》、一人《ひとり》で机《つくえ》に座《すわ》って、原稿用紙《げんこうようし》を前《まえ》にしているのなら、机《つくえ》から脱出《だっしゅつ》しよう!

そして、「こんな話《はなし》だったんだよ!」を**聞《き》いてくれる人《ひと》を探《さが》そう**。

お母《かあ》さん、お父《とう》さん、友《とも》だち、塾《じゅく》の先生《せんせい》。きみはその人《ひと》たちに向《む》かって、「こんな話《はなし》だったんだよ!」を伝《つた》えるんだ。それが要約《ようやく》になる。

どうかな? きみのがんばりに敬意《けいい》を表《ひょう》して、《あらすじ》のヒントをプレゼントしておこうね。

『月《るな》と珊瑚《さんご》』のような比較的《ひかくてき》長《なが》い小説《しょうせつ》では、「もくじ」を見《み》ながら

沖縄《おきなわ》について、図書館《としょかん》の本《ほん》で
調《しら》べてみてもいいね。

《要約《ようやく》》してみるといい。

「私《わたし》」は大城珊瑚《おおしろさんご》。「月《るな》と珊瑚《さんご》」の一人《ひとり》だ。もう一人《ひとり》の「月《るな》」は、「鳥肌《とりはだ》体験《たいけん》」に出《で》てくる転校生《てんこうせい》の泉月《いずみるな》。「もう一人《ひとり》のオスカル」でわかるように、月《るな》は男《おとこ》の子《こ》か女《おんな》の子《こ》かわからない、『ベルサイユのばら』のオスカルのような女《おんな》の子《こ》だ。

ルリバーは珊瑚《さんご》のおばあさんで、「大城《おおしろ》ルリ子《こ》」さん。沖縄民謡《おきなわみんよう》を歌《うた》っている歌手《かしゅ》だ。そして珊瑚《さんご》もまた、子《こ》ども民謡大会《みんようたいかい》に出場《しゅつじょう》する歌《うた》い手《て》だ。

この「大城《おおしろ》ルリ子《こ》」は芸名《げいめい》で、本名《ほんみょう》があるようだけど、それは物語《ものがたり》の重要《じゅうよう》な鍵《かぎ》になるから、きみにまかせておこう。

さて、この小説《しょうせつ》には一《ひと》つの重要《じゅうよう》なキーワードがある。それが、ルリバーが本名《ほんみょう》を隠《かく》していた理由《りゆう》にもなるんだけど、何《なに》かわかるかな？

「**ジュリ**」だ。

この言葉《ことば》を通《とお》して、月《るな》と珊瑚《さんご》の仲《なか》も深《ふか》まっていったよね。

さあ、要約《ようやく》もあと少《すこ》し。ここから先《さき》は、きみがやってみよう。

Q2 注目《ちゅうもく》したところは？

解答例《かいとうれい》 学校《がっこう》の近《ちか》くまできたとき、泉《いずみ》さんは、私《わたし》にこんな話《はなし》をした。

「……昔《むかし》、ジュリだった女《おんな》の人《ひと》のことが出《で》ていた。ジュリだったけど、戦後《せんご》、那覇《なは》に大《おお》きな料亭《りょうてい》をつくったりして、うちのバアサンみたいに成功《せいこう》したんだって。ほかにも……」

泉《いずみ》さんのやさしさに、また、泣《な》きそうになった。……

「あのさー、ああいうゆうかくをつくったのって、女《おんな》の人《ひと》もいたかもしれないけど、男《おとこ》の人《ひと》たちなんだよね。……家《いえ》が貧《まず》しくて売《う》られたジュリばかりが、あーだ、こーだ、いわれるのって変《へん》だよ。家《いえ》が貧《まず》しいのが罪《つみ》なわけ？ そうじゃないはずだ」

そういう泉《いずみ》さんが、私《わたし》には、やっぱり民衆《みんしゅう》に味方《みかた》して戦《たたか》うオスカルにみえた。

《！＝感動《かんどう》のわくわく》

まずは、「！」。きみが感動《かんどう》したところを選《えら》んでみよう！

ぼくは「解答例《かいとうれい》」の場面《ばめん》に注目《ちゅうもく》した。

「**オスカル**」についても知《し》っとかないとね。インターネットで調《しら》べたり、『ベルサイユのばら』を読《よ》んでみたりしよう。

「**ジュリ**」とは、遊郭《ゆうかく》で男《おとこ》の相手《あいて》をする女性《じょせい》たちのことだ。だから、偏見《へんけん》がある。

たとえば、月《るな》が言《い》っているのも一《ひと》つ。「**家《いえ》が貧《まず》しくて売《う》られたジュリばかりが、あーだ、こーだ、いわれるのって変《へん》だよ**」

「**あーだ、こーだ**」いう人《ひと》たちって、どんな人《ひと》たちだろう?

彼《かれ》らの「あーだ、こーだ」は、本当《ほんとう》に彼《かれ》らの言葉《ことば》なんだろうか?

だれかが言《い》っていること、世間《せけん》で言《い》われていることを、自分《じぶん》の苦《くる》しみのうさばらしをするために、言《い》っているのかもしれない。

民衆《みんしゅう》のために戦《たたか》うオスカルだけど、月《るな》は人々《ひとびと》の「**偏見《へんけん》**」とも戦《たたか》わなければならないはずだ。

なぜなら、人々《ひとびと》の偏見《へんけん》に気《き》づいてしまったからね。**いじめ**とか、**差《さ》別《べつ》**も、この偏見《へんけん》が生《う》むものだからね。

だからこそ、月《るな》のこの発言《はつげん》は、珊瑚《さんご》の心《こころ》に勇気《ゆうき》を与《あた》えたんだよね。

《？＝疑問《ぎもん》のもやもや》

次《つぎ》は「？」。このもやもやが大事《だいじ》なんだよ。ここはどうかな？

「泉《いずみ》さん、そこを退学《たいがく》になったらしい。うちのママにね、泉《いずみ》さんのおばあちゃんが、『まったく、うちの月《るな》は問題児《もんだいじ》でねぇ』って、なげいてたって」……

泉《いずみ》さんが「問題児《もんだいじ》」なんて考《かんが》えもしなかったから、私《わたし》にはそっちのほうがおどろきだった。

「**問題児《もんだいじ》？**」って、ぼくは思《おも》った。オスカルのような月《るな》のことなんだけど、彼女《かのじょ》は入学《にゅうがく》テストも難《むずか》しい名門《めいもん》の女子校《じょしこう》に通《かよ》っていたわけだから、勉強《べんきょう》ができなかったわけじゃないよね。

それに、月《るな》は思《おも》いやりがあってやさしい子《こ》だ。なのに、問題児《もんだいじ》ってどういうこと？

ぼくが学生《がくせい》のころの問題児《もんだいじ》とは、まあ百《ひゃく》パーセント、ヤンキーやスケバンのことだった。なんて、きみは知《し》っているかな、ヤンキーとか？（聞《き》いたことないよね）

かみ型《がた》や服装《ふくそう》など、校則《こうそく》は違反《いはん》する。授業《じゅぎょう》はサボる。先生《せんせい》の言《い》うことは聞《き》かない（一部《いちぶ》、例外《れいがい》の先生《せんせい》もいたけどね）。

もう、わかりやすく悪《わる》さをしていた。

でも、月《るな》のケースはどうだろう？

「問題《もんだい》」って、だれにとっての問題《もんだい》なんだろう？　生徒《せいと》たちにとって？　それとも先生《せんせい》？　それとも学校《がっこう》？

「問題《もんだい》」って悪《わる》いことなのかな？

Q3　この本《ほん》のテーマは何《なに》？

解答例《かいとうれい》　「偏見《へんけん》」「問題《もんだい》」

読書感想文《どくしょかんそうぶん》に関《かん》する誤解《ごかい》の一《ひと》つに、「正《ただ》しいことを書《か》かなければ」がある。《はじめに》にも書《か》いたけど、読書感想文《どくしょかんそうぶん》で求《もと》められるのは、**「正《ただ》しい意見《いけん》」じゃない。**きみの体験《たいけん》だったり、きみの思《おも》いだったり、

そういうのを読《よ》みたい。

『月《るな》と珊瑚《さんご》』は、学校生活《がっこうせいかつ》の物語《ものがたり》だから、きみにも共感《きょうかん》できるような体験《たいけん》があるかもしれないね。その体験《たいけん》をもとに、感想文《かんそうぶん》のテーマを見《み》つけていこう。

ここではぼくから、二《ふた》つのテーマをプレゼントする。きみたちと共有《きょうゆう》できそうなテーマだとは思《おも》うけど、きみ自身《じしん》のテーマがあるといいな。

・「偏見《へんけん》」

きみは偏見《へんけん》がない場所《ばしょ》ってのを経験《けいけん》したことがあるだろうか？　ぼくは、ない。ぼくたちの日常《にちじょう》には、大《だい》なり小《しょう》なり、偏見《へんけん》がひそんでいる。

珊瑚《さんご》の家《いえ》は「貧乏《びんぼう》だから……」ってのは偏見《へんけん》。珊瑚《さんご》のひいおばあちゃんは「ジュリだったから……」ってのも偏見《へんけん》。「女《おんな》らしく」「男《おとこ》らしく」というのも偏見《へんけん》だろう。

ぼくが小学生《しょうがくせい》のころ、「チビ・デブ・メガネ」っていう、だれかを

見下《みくだ》す言《い》い方《かた》があった。「チビで何《なに》が悪《わる》いの？」と思《おも》うのだけどね。メガネかけてるといけないの？

きみの日常《にちじょう》ではどうかな？　もちろん、きみ自身《じしん》に当《あ》てはまる「偏見《へんけん》」も思《おも》い出《だ》してみよう。

・「問題《もんだい》」

「問題《もんだい》」には二《ふた》つのポイントがある。

まず一《ひと》つ目《め》。問題《もんだい》には、表《おもて》に出《で》ている問題《もんだい》と、かくれた問題《もんだい》がある。目《め》に見《み》える問題《もんだい》と、目《め》に見《み》えない問題《もんだい》がある。

どちらかというと、目《め》に見《み》える問題《もんだい》のほうが、やさしいと思《おも》うんだけど、きみはどうかな？　だって、はっきりしている問題《もんだい》は、解決《かいけつ》したかどうかもはっきりしているはずだからね。

もう一《ひと》つは、問題《もんだい》の解決方法《かいけつほうほう》だ。月《るな》のケースでは、学校《がっこう》は問題児《もんだいじ》である月《るな》を退学《たいがく》させた。それで問題解決《もんだいかいけつ》になったの？とぼくは思《おも》う。本当《ほんとう》の解決方法《かいけつほうほう》は、別《べつ》のところにあったんじゃないかな？

「いじめ」をなくすには、
どうすればいいと思《おも》う？

Q4 この本《ほん》を読《よ》んで考《かんが》えてみたいことは？

解答例《かいとうれい》「いじめとか差別《さべつ》の原因《げんいん》には偏見《へんけん》がある。わたしたちはどうすれば偏見《へんけん》をなくせるだろう？」「いじめの問題《もんだい》には、目《め》に見《み》える問題《もんだい》と、目《め》に見《み》えない問題《もんだい》がある。目《め》に見《み》えない問題《もんだい》のほうが大事《だいじ》だ。それは、わたしも含《ふく》めて一人《ひと》ひとりの心《こころ》にある。いじめをしない心《こころ》って、どんな心《こころ》だろう？」

Q5 体験《たいけん》、あるいは比《くら》べて読《よ》んだむかし話《ばなし》は？

解答例《かいとうれい》「鉢《はち》かつぎ姫《ひめ》」

読書感想文《どくしょかんそうぶん》には、きみの体験《たいけん》があったほうがいい。確《たし》かに、ぼくの生徒《せいと》たちでも、「独自《どくじ》の体験《たいけん》」を書《か》いた子《こ》どもたちが入賞《にゅうしょう》している。『月《るな》と珊瑚《さんご》』は学校《がっこう》が舞台《ぶたい》になっているから、きみにも共通《きょうつう》するような体験《たいけん》があるかもしれない。それがあればラッキーだ。

でも、あればいいって話《はなし》でもない。もしかしたら、そんな体験《たいけん》がないほうがいいのかもしれないし。

そんな体験《たいけん》はないというきみには、ぼくからのアイデアを贈《おく》ろう。むかし話《ばなし》を使《つか》って、体験《たいけん》のかわりにするんだ。特《とく》に、日本《にほん》むかし話《ばなし》なら日本人《にほんじん》の心《こころ》の読《よ》み物《もの》として、だれとでも共有《きょうゆう》できるよね。読《よ》み比《くら》べるなら、日本《にほん》むかし話《ばなし》くらいみんなが知《し》っているものにしよう。

というわけで、ここでは「**鉢《はち》かつぎ姫《ひめ》**」をオススメしよう。頭《あたま》に鉢《はち》をかぶった姫様《ひめさま》の話《はなし》だけど、読《よ》んだことあるかな？

気立《きだ》てがよく、美《うつく》しい姫様《ひめさま》がいた。しかし、この姫君《ひめぎみ》は、母君《ははぎみ》によって鉢《はち》をかぶせられてしまう。

病弱《びょうじゃく》の母君《ははぎみ》は、姫《ひめ》の行《ゆ》く末《すえ》が心配《しんぱい》で、観音様《かんのんさま》にお祈《いの》りしたら、鉢《はち》をかぶせるがいいというお告《つ》げがあったからだ。

そして、母君《ははぎみ》は亡《な》くなってしまった。

それにしても、鉢《はち》をかぶった女《おんな》の子《こ》だ。ひどい偏見《へんけん》にあいながらも、なんとか、とある武家《ぶけ》のやさしい若君《わかぎみ》に拾《ひろ》われる。

その先《さき》は、きみが読《よ》んで確《たし》かめてね。

Q6 きみの意見《いけん》は何《なに》？

解答例《かいとうれい》「わたしたちは、人《ひと》を見《み》るときに、いろんなものをくっつけて見《み》てしまう。家《いえ》とか、学校《がっこう》の成績《せいせき》とか、運動神経《うんどうしんけい》とか、服装《ふくそう》とか、かみ型《がた》とか。

でも、それらはその人自身《ひとじしん》ではなく、余分《よぶん》なものだ。その人《ひと》がどういう人《ひと》かは、そんな余分《よぶん》なものを捨《す》てて、その人《ひと》を見《み》ればいい。

まずは、自分《じぶん》に近《ちか》い人《ひと》たちのありのままを見《み》ていこう。みんながそうすれば、きっと偏見《へんけん》はなくなるとわたしは思《おも》う」

さて、最後《さいご》の一歩《いっぽ》。それは、Q4【この本《ほん》を読《よ》んで考《かんが》えてみたいことは？】への、きみの答《こた》えだ。きみの意見《いけん》だ。

でも、ここで「正《ただ》しい答《こた》え」を書《か》こうとしないで。お母《かあ》さんやお父《とう》さんと話《はなし》をしながら、きみが出《だ》した答《こた》え、それがおもしろいんだからね！

読《どく》書《しょ》感《かん》想《そう》文《ぶん》すらすらドリル

Q1

あらすじを書《か》こう！

この本《ほん》は、どういう話《はなし》だったかな？　かんたんなあらすじを書《か》いてみよう。

飛《と》ぶための百《ひゃっ》歩《ぽ》

飛ぶための百歩
ジュゼッペ・フェスタ 作
杉本あり 訳
「誰だって、人に頼って生きている」
山で出会ったこの少年を、きっと忘れない。
一歩を踏み出したいすべての人に送る物語。

ジュゼッペ・フェスタ　作《さく》
杉本《すぎもと》あり　訳《やく》
岩崎書店《いわさきしょてん》

Q2

注目《ちゅうもく》したところは？

本《ほん》の中《なか》で、きみが注目《ちゅうもく》した人《ひと》、言葉《ことば》、場面《ばめん》をあげてみて。

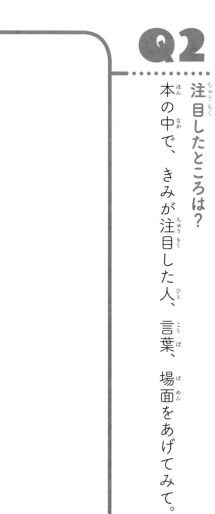

すぐに解答例《かいとうれい》を見《み》ないで、
自分《じぶん》の言葉《ことば》で答《こた》えよう！

Q3

この本《ほん》のテーマは何《なに》？

この本《ほん》のテーマは何《なん》だと思《おも》う？

Q4

この本《ほん》を読《よ》んで考《かんが》えてみたいことは？

この本《ほん》を読《よ》んで考《かんが》えてみたいことは何《なに》かな？
質問《しつもん》の形《かたち》で書《か》いてみよう。

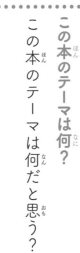

Q5

体験《たいけん》、あるいは比《くら》べて読《よ》んだむかし話《ばなし》は？

この本《ほん》の内容《ないよう》を、きみが知《し》っているむかし話《ばなし》やぐう話《わ》と比《くら》べてみよう。もちろん、きみ自身《じしん》で見《み》つけてきた、課題図書《かだいとしょ》に近《ちか》い物語《ものがたり》や体験《たいけん》でもオッケーだ！

Q6

きみの意見《いけん》は何《なに》？

Q4で書《か》いた問題《もんだい》に、きみならどのような答《こた》えを出《だ》すかな？

解《かい》答《とう》例《れい》と解《かい》説《せつ》

【スタートの前《まえ》に】

『飛《と》ぶための百歩《ひゃっぽ》』。この本《ほん》のタイトルだ。このタイトルから、きみはどんな物語《ものがたり》を想像《そうぞう》する？

「**飛《と》ぶ**」って空《そら》を飛《と》ぶこと、だよね？「**百歩《ひゃっぽ》**」って、何《なん》のために必《ひつ》要《よう》なんだろう？

物語《ものがたり》っていうのは、すいすい読《よ》めるほうが面白《おもしろ》くない。むしろ、「**？**」をたくさん見《み》つけていこう。それが、よい読書感想文《どくしょかんそうぶん》のおいしいネタになるよ。

本《ほん》の表紙《ひょうし》に描《えが》かれているのは、山間《さんかん》の草原《そうげん》？それにワシとシカかな。それに、赤《あか》い髪《かみ》をした男《おとこ》の子《こ》、あるいは女《おんな》の子《こ》だ。

勢《いきお》いこんでページをめくってはダメだ。それだと、おいしい「**？**」に気《き》づけないぞ！

《はじめに》にも書《か》いたけど、読《よ》んでくれたかな？「**いきなり読《よ》む**」**こと禁止《きんし》**！

表紙《ひょうし》で、いろいろ想像《そうぞう》しながら遊《あそ》べたかな？

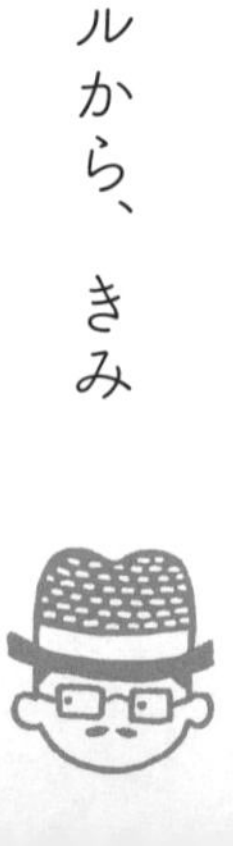

じゃあ、次《つぎ》は裏表紙《うらびょうし》だ。おお！　赤《あか》い糸《いと》？　バンダナ？　で女《おんな》の子《こ》とつながっているね。もしかしたら、表紙《ひょうし》の子《こ》は男《おとこ》の子《こ》かな？

そして赤《あか》い糸《いと》は、お姉《ねえ》さんとお兄《にい》さんともつながっている。二人《ふたり》の大人《おとな》は、お母《かあ》さん、お父《とう》さんかな？　背負《せお》っているものを見《み》ると、これって、山登《やまのぼ》りの場面《ばめん》かな？

よし！　本《ほん》の表《おもて》と裏《うら》で十分《じゅうぶん》遊《あそ》べたら、次《つぎ》は本《ほん》の「そで」を見《み》てみよう。「そで」とは、カバーの折《お》り返《かえ》しの部分《ぶぶん》のことだよ。

「運動《うんどう》も、音楽《おんがく》も、おしゃべりも、本《ほん》を読《よ》むことも、山《やま》の中《なか》を歩《ある》くことだって大好《だいす》き。

ただ、『目《め》が見《み》えない』からって周《まわ》りに差《さ》し伸《の》べられるその手《て》はどうしても好《す》きになれなくて――。」

目《め》が見《み》えない子《こ》が主人公《しゅじんこう》のようだね。でも、目《め》が見《み》えなくて山《やま》を歩《ある》くって？　差《さ》し伸《の》べられる手《て》が好《す》きじゃない？

だって、目《め》が見《み》えない人《ひと》がいたら、助《たす》けてあげたくなる、よね？

よしよし。きみも「**？**」をたくさん見《み》つけたかな？

それをまず、メモしておこう！　メモができたら、いよいよ読《よ》みはじめよう！　読《よ》み終《お》わったら、また会《あ》おう。また後《あと》でね！

Q1 あらすじを書《か》こう！

解答例《かいとうれい》　あらすじの答《こた》えの例《れい》は、あえて書《か》かないでおこう。

しばらくぶりだね。

まず、きみに聞《き》きたいことがある。

本《ほん》を何回《なんかい》読《よ》んだ？　本《ほん》がきれいなままになっていないかな？

《はじめに》に書《か》いてあったよね？　「**きれいに読《よ》む**」**こと禁止《きんし》**！　本《ほん》を読《よ》みながら、「**！＝感動《かんどう》のわくわく**」と「**？＝疑問《ぎもん》のもやもや**」を本《ほん》にチェックしていこう。

もう一度《いちど》書《か》くけど、ここをさぼってしまうと、よい感想文《かんそうぶん》になるどころか、「感想文《かんそうぶん》が書《か》けない」と苦《くる》しむだけになってしまう。それはNG《エヌジー》！

万一《まんいち》、「めんどーだから、すぐに終《お》わらせたい！」、そんな気持《きも》ちな

ら、いったん、読《よ》むのをやめてしまおう。外《そと》に出《で》て、深呼吸《しんこきゅう》しよう！それで、サッカーでも散歩《さんぽ》でもしてみよう。それからまた、本《ほん》を読《よ》めばいい。

ドッグイヤー（意味《いみ》は調《しら》べてみてね）やマーカーチェックなどで準《じゅん》備万端《びばんたん》になったら、また会《あ》おう！

さて、いよいよ要約《ようやく》だ。

もし、きみが今《いま》、一人《ひとり》で机《つくえ》に座《すわ》って、原稿用紙《げんこうようし》を前《まえ》にしていたら、机《つくえ》から脱出《だっしゅつ》しよう！

そして、「こんな話《はなし》だったんだよ！」を**聞《き》いてくれる人《ひと》を探《さが》そう**。お母《かあ》さん、お父《とう》さん、友《とも》だち、塾《じゅく》の先生《せんせい》。きみはその人《ひと》たちに向《む》かって「こんな話《はなし》だったんだよ！」を伝《つた》えるんだ。それが、そのままあらすじになる。

最後《さいご》に、要約《ようやく》のヒントをプレゼントしておこうね。

主人公《しゅじんこう》は**ルーチョ**だ。**目《め》が見《み》えない十四歳《じゅうよんさい》の少年《しょうねん》**だ。

ルーチョは**山登《やまのぼ》りが大好《だいす》き**。そんな彼《かれ》にとって、日常生活《にちじょうせいかつ》で目《め》が見《み》

えないことは、何《なん》のハンディキャップにもなっていない。紅茶《こうちゃ》もちゃんと入《い》れられるし、お砂糖《さとう》だってちゃんと入《い》れられる。

もう一人《ひとり》、「人間《にんげん》として」重要《じゅうよう》な役目《やくめ》をする子《こ》がいる。同《おな》じく十四《じゅうよん》歳《さい》の**キアーラ**、女《おんな》の子《こ》だ。

彼女《かのじょ》が、ルーチョとどんな成長《せいちょう》をするか？　ここはぜひ、聞《き》かせたいところだよね。

「成長《せいちょう》」というのは、ビフォーとアフターがある。まずそれをしっかり押《お》さえておくこと。もう一《ひと》つは、成長《せいちょう》の決《き》め手《て》となるシーンが必《かなら》ずある。それはきみが見《み》つけよう。

〈**百歩**《ひゃっぽ》〉というのは、山小屋《やまごや》の名前《なまえ》でもある。でも「百歩《ひゃっぽ》」にはもう一《ひと》つ別《べつ》の意味《いみ》があるから、それもきみが見《み》つけよう。

あ！　人間以外《にんげんいがい》にも、名前《なまえ》がついている家族《かぞく》がいたね！　ワシの家《か》族《ぞく》だ。彼《かれ》らを要約《ようやく》に入《い》れるかどうか、それはきみ次第《しだい》。もちろん、感《かん》想文《そうぶん》の長《なが》さにもかかわるから、どうするかはきみが決《き》めよう！

Q2 注目《ちゅうもく》したところは？

解答例《かいとうれい》「あそこだよ」

他《ほか》の三人《さんにん》は驚《おどろ》いて、ルーチョの指《さ》した方向《ほうこう》を見《み》つめた。ルーチョが指《ゆび》さしたのは、三人《さんにん》が眺《なが》めていたのと、反対《はんたい》の方角《ほうがく》だった。

「でも鳴《な》き声《ごえ》は反対側《はんたいがわ》から聞《き》こえるけど」キアーラはとまどいながら反論《はんろん》した。

「こだまに、だまされてはいけない」ルーチョは自信《じしん》たっぷりに答《こた》えた。

「本当《ほんとう》だ！ ルーチョの言《い》う通《とお》りだよ！」

《！＝感動《かんどう》のわくわく》

まずは、「！」。きみが感動《かんどう》したところを選《えら》んでみよう！ ぼくは、右《みぎ》の場面《ばめん》を選《えら》んでみた。

ルーチョは目《め》が見《み》えないからいっそう、視覚以外《しかくいがい》の感覚《かんかく》がするどいよね。もしかしたら、ぼくたちは目《め》が見《み》えることでだまされてしまう

のかもしれない。

ワシがどこにいるのか？　ぼくたちはまず、目《め》で探《さが》そうとするだろう。しかし、ルーチョは真《しん》の声《こえ》を聞《き》いている。

で、ぼくは考《かんが》えた。

ぼくたちには、さまざまな力《ちから》が与《あた》えられている。けれど、一《ひと》つの力《ちから》にかたよっていないだろうか？　この物語《ものがたり》では、視力《しりょく》を頼《たよ》りにできないルーチョは、耳《みみ》や肌《はだ》で感《かん》じ取《と》る力《ちから》を発揮《はっき》しているよね。

もちろん、視力《しりょく》だけじゃない。機械《きかい》などの車《くるま》を発明《はつめい》する力《ちから》もそうだよね。でも、機械頼《きかいだよ》りになっていると……？　そんなことを考《かんが》えた。

《？＝疑問《ぎもん》のもやもや》

次《つぎ》は「**？**」。「もやもや」が大事《だいじ》なんだよ。ここはどうかな？

キアーラは目《め》を閉《と》じ、点字《てんじ》をさわって何度《なんど》も試《ため》し、しまいに音《ね》を上《あ》げた。

「無理《むり》だよ」

ルーチョは、ふざけて胸《むね》を張《は》って言《い》った。
『無理《むり》』という言葉《ことば》は、わがはいの辞書《じしょ》にはない。君《きみ》の辞書《じしょ》にもあるわけがない」

「いや？　無理《むり》あるよ？」と思《おも》ったのは、ぼくの素直《すなお》な気持《きも》ち。

たとえば、百《ひゃく》メートルをウサイン・ボルトのように走《はし》るとか。一日《いちにち》に三《みっ》つも四《よっ》つも原稿《げんこう》を仕上《しあ》げるとか。

お寿司屋《すしや》さん以上《いじょう》においしいお寿司《すし》を握《にぎ》ることや、ギョーザだってプロのように作《つく》ることは、無理《むり》なんじゃない？

これ、ぼくの最大《さいだい》の「？」だったよ。きみはどうかな？

Q3　この本《ほん》のテーマは何《なに》？

解答例《かいとうれい》　「才能《さいのう》」「自立《じりつ》」

読書感想文《どくしょかんそうぶん》に関《かん》する誤解《ごかい》の一《ひと》つに、「正《ただ》しいことを書《か》かなければ」がある。《はじめに》にも書《か》いたけど、読書感想文《どくしょかんそうぶん》で求《もと》められるのは、**「正《ただ》しい意見《いけん》」じゃない。**きみの体験《たいけん》だったり、きみの思《おも》いだったり、

そういうのを読《よ》みたいんだ！

ここではぼくから、二《ふた》つのテーマをプレゼントする。きみたちと共《きょう》有《ゆう》できそうなテーマだとは思《おも》うけど、きみ自身《じしん》のテーマがあるとすばらしいな！

・「才能《さいのう》」

「！＝感動《かんどう》のわくわく」にかかわるテーマだよね。ぼくたちには、きっと、いろいろな才能《さいのう》が与《あた》えられているはずだ。

でも、その才能《さいのう》たちを生《い》かしきれているかな？　現代社会《げんだいしゃかい》は、たくさんの便利《べんり》な道具《どうぐ》や機械《きかい》をつくり出《だ》している。

たしかに、それで生活《せいかつ》は楽《らく》になったかもしれない。けれど、その反《はん》面《めん》、ぼくたちの才能《さいのう》をおとろえさせていないかな？

・「自立《じりつ》」

「？＝疑問《ぎもん》のもやもや」にかかわるテーマだよね。この疑問《ぎもん》に答《こた》えてくれるかのように、これから先《さき》にこんなシーンがある。

本気《ほんき》で怒《おこ》っていることを伝《つた》えようと、力《ちから》の限《かぎ》り大声《おおごえ》を出《だ》した。ルーチョは言《い》い返《かえ》せなかった。キアーラの声《こえ》の調子《ちょうし》に驚《おどろ》いていた。

「聞《き》きたくなくても、言《い》わせてもらう」キアーラは腰《こし》に手《て》を当《あ》てて言《い》った。「何《なん》でも一人《ひとり》でやりたいんでしょ？　本当《ほんとう》にすごいと思《おも》ってる。でも、そんなこと誰《だれ》もたのんでないから」

「人《ひと》に頼《たよ》りたくないんだ」ルーチョが弁解《べんかい》した。「わからない？」

「誰《だれ》だって、人《ひと》に頼《たよ》って生《い》きてるの。できないことは誰《だれ》にだってある」

「無理《むり》」を言《い》い訳《わけ》にしてしまうときもある。何《なん》にも努力《どりょく》していないのに、はじめから「無理《むり》」というのは、まわりに迷惑《めいわく》でもあるし、自分《じぶん》自身《じしん》を信用《しんよう》していないことにもなる。

ルーチョの「無理《むり》」はその真逆《まぎゃく》だ。何《なん》でも自分《じぶん》でやる！　そんな覚《かく》悟《ご》が振《ふ》りきれちゃったんだよね。でも、「無理《むり》」なことは、確《たし》かに、だれにでもあるんだよね。

Q4 この本《ほん》を読《よ》んで考《かんが》えてみたいことは？

解答例《かいとうれい》「才能《さいのう》って何《なん》だろう？」
「自立《じりつ》ってどういうことだろう？」

ルーチョは目《め》が見《み》えないのに、何《なん》でも自分《じぶん》でやろうとしていた。だから手助《てだす》けを拒《こば》んでいた。

でもさ、だれでも、何《なん》でも一人《ひとり》でできてしまうことってあるのかな？　それってみんな同《おな》じ満点《まんてん》の才能《さいのう》を与《あた》えられているってこと？　できないことがあったほうが、ぼくたちの才能《さいのう》ってつながり合《あ》うんじゃないのかな？

Q5 体験《たいけん》、あるいは比《くら》べて読《よ》んだむかし話《ばなし》は？

解答例《かいとうれい》「分福茶釜《ぶんぶくちゃがま》」

読書感想文《どくしょかんそうぶん》には、きみの体験《たいけん》があったほうがいい。確《たし》かに、ぼくの生徒《せいと》たちでも、「独自《どくじ》の体験《たいけん》」を書《か》いた子《こ》どもたちが入賞《にゅうしょう》している。

「できない＝よくないこと」なのかな？
どう思《おも》う？

でもさ、親《した》しい人《ひと》が亡《な》くなっていたり、戦争《せんそう》をしていたり、あるいは、とんでもなく遠《とお》くの異国《いこく》から転入生《てんにゅうせい》が来《き》たりする課題図書《かだいとしょ》もある。「ケンカ」くらいの体験《たいけん》ならありそうだけど、そんなさ、「死《し》」や「戦争《せんそう》」、「異国《いこく》からの転入生《てんにゅうせい》」の体験《たいけん》なんて、やっぱりめずらしいよね。

そこで、ぼくからのアイデアを贈《おく》ろう。むかし話《ばなし》を使《つか》って体験《たいけん》のかわりにするんだ。特《とく》に、日本《にほん》むかし話《ばなし》なら日本人《にほんじん》の心《こころ》の読《よ》みものとして、だれとでも共有《きょうゆう》できるよね。

読《よ》み比《くら》べるなら、日本《にほん》むかし話《ばなし》くらいみんなが知《し》っているものにしよう。

『飛《と》ぶための百歩《ひゃっぽ》』の相棒《あいぼう》として選《えら》んだのは、「**分福茶釜《ぶんぶくちゃがま》**」だ。日本《にほん》むかし話《ばなし》の中《なか》でも、かなりユニークで心温《こころあたた》まる話《はなし》だね。実際《じっさい》に、この茶釜《ちゃがま》が残《のこ》されているお寺《てら》もあるようだよ。

実際《じっさい》に本《ほん》で読《よ》んでほしいけど、かんたんに物語《ものがたり》の紹介《しょうかい》をしておこう。

商売下手《しょうばいべた》な古道具屋《ふるどうぐや》。商売《しょうばい》も才能《さいのう》なのか、何《なに》をやってもうまくいか

ない。そんな彼《かれ》が、茶釜《ちゃがま》に化《ば》けそこねた駆《か》け出《だ》しのタヌキに出会《であ》った。
さて、半人前《はんにんまえ》どうしの男《おとこ》とタヌキが、これから何《なに》を始《はじ》めるのか？
——という話《はなし》だ。

Q6 きみの意見《いけん》は何《なに》？

——解答例《かいとうれい》——「『自立《じりつ》』って、何《なん》でも一人《ひとり》でできるようになること、そう考《かんが》えられている。でも、それってちがうのかな、と思《おも》った。ルーチョのように、まわりの人《ひと》の手《て》を借《か》りずに生《い》きるという決意《けつい》はすごいと思《おも》うけど、それでも彼《かれ》にもできないことはあった。むしろ、『できないこと』をはっきり認《みと》めてしまったほうが、『できること』が見《み》えてくるだろう。だから、自立《じりつ》の意味《いみ》も変《か》わってくる。『自分《じぶん》ができることをきちんとする。そのうえで、人《ひと》の手《て》を借《か》りる。そして、人《ひと》に手《て》を貸《か》す』。自立《じりつ》って、一人《ひとり》で成立《せいりつ》するものじゃない。『自立《じりつ》し合《あ》う』という言《こと》葉《ば》のほうがいいな」

さて、最後《さいご》の一歩《いっぽ》。それは、【Q4 この本《ほん》を読《よ》んで考《かんが》えてみたい

ことは？】への、きみの答《こた》えだ。きみの意見《いけん》だ。

でも、ここで「正《ただ》しい答《こた》え」を書《か》こうとしないで。お母《かあ》さんやお父《とう》さんと話《はなし》をしながら、きみが出《だ》した答《こた》え、それがおもしろいんだからね！

風《かぜ》を切《き》って走《はし》りたい! 夢《ゆめ》をかなえる バリアフリー自転車《じてんしゃ》

風を切って走りたい!
夢《ゆめ》をかなえる
バリアフリー自転車
高橋うらら・著
「自転車に乗りたい!」願《ねが》いをかなえる
体の不自由《ふじゆう》な人のために、
一人一人の体に合わせた自転車を
作り続《つづ》けてきた堀田健一《ほったけんいち》さん。
逆境《ぎゃっきょう》や苦難《くなん》にも負けない姿《すがた》を
描《えが》いた渾身《こんしん》のノンフィクション!

高橋《たかはし》うらら　著《ちょ》
金《きん》の星社《ほししゃ》

Q1

あらすじを書《か》こう!

この本《ほん》は、どういう話《はなし》だったかな？　かんたんなあらすじを書《か》いてみよう。

Q2

注目《ちゅうもく》したところは？

本《ほん》の中《なか》で、きみが注目《ちゅうもく》した人《ひと》、言葉《ことば》、場面《ばめん》をあげてみて。

すぐに解答例《かいとうれい》を見《み》ないで、
自分《じぶん》の言葉《ことば》で答《こた》えよう！

Q3

この本《ほん》のテーマは何《なに》？

この本《ほん》のテーマは何《なん》だと思《おも》う？

Q4

この本《ほん》を読《よ》んで考《かんが》えてみたいことは？

この本《ほん》を読《よ》んで考《かんが》えてみたいことは何《なに》かな？
質問《しつもん》の形《かたち》で書《か》いてみよう。

Q5

体験《たいけん》、あるいは比《くら》べて読《よ》んだむかし話《ばなし》は？

この本《ほん》の内容《ないよう》を、きみが知《し》っているむかし話《ばなし》やぐう話《わ》と比《くら》べてみよう。もちろん、きみ自身《じしん》で見《み》つけてきた、課題図書《かだいとしょ》に近《ちか》い物語《ものがたり》や体験《たいけん》でもオッケーだ！

Q6

きみの意見《いけん》は何《なに》？

Q4で書《か》いた問題《もんだい》に、きみならどのような答《こた》えを出《だ》すかな？

解《かい》答《とう》例《れい》と解《かい》説《せつ》

【スタートの前《まえ》に】

この本《ほん》を選《えら》んだきみ。なぜ、この本《ほん》を選《えら》んだのかな？

おじさんの笑《え》顔《がお》？「風《かぜ》を切《き》って走《はし》りたい」から？　それとも、バリアフリー自《じ》転《てん》車《しゃ》に興《きょう》味《み》があるから？

いいね、いいね！

本《ほん》を読《よ》む前《まえ》に、本《ほん》を選《えら》ぶということにも、何《なに》か理《り》由《ゆう》があったはずだよね。

だから、買《か》ってすぐに、勢《いきお》いこんでページをめくってはダメだ。

《はじめに》にも書《か》いたけど、読《よ》んでくれたかな？「**いきなり読《よ》むこと禁《きん》止《し》**」！だよ。

本《ほん》の全《ぜん》体《たい》に、「？」がちりばめられているんだからね！

だから、まずは表《ひょう》紙《し》についてきみと対《たい》話《わ》してみた。

じゃあ、次《つぎ》は「そで」を読《よ》んでみよう（「そで」とは、カバーの折《お》り返《かえ》しの部《ぶ》分《ぶん》のことだ）。そこには、こんなことが書《か》いてある。

子《こ》どものころから物《もの》作《づく》りが大《だい》好《す》きだった堀《ほっ》田《た》健《けん》一《いち》さん。

そうか、堀田健一《ほったけんいち》さんがこの本《ほん》の主人公《しゅじんこう》だね。

体《からだ》の不自由《ふじゆう》な人《ひと》のため、四十年《よんじゅうねん》で二六〇〇台《にせんろっぴゃくだい》もの自転車《じてんしゃ》を作《つく》り続《つづ》けてきた堀田健一《ほったけんいち》さんの挑戦《ちょうせん》を描《えが》く感動《かんどう》ノンフィクション

「まさかわたしが風《かぜ》を切《き》って走《はし》れるなんて！」。この女性《じょせい》の喜《よろこ》びから始《はじ》まった挑戦《ちょうせん》のようだね。

「しかし道《みち》はきびしく、その日《ひ》の食事《しょくじ》にも困《こま》る日々《ひび》。何度《なんど》もくじけそうになる中《なか》……」

どうやら、堀田《ほった》さんの「挑戦《ちょうせん》」に読《よ》みごたえがありそうだね！　どんな挑戦《ちょうせん》なんだろう？

くじけそうになることって何《なん》だろう？

ノンフィクションってことは、本当《ほんとう》にあった話《はなし》ってことだ。だから、小説《しょうせつ》よりももっとリアルな「挑戦《ちょうせん》」が書《か》かれているだろう。

さて、きみも「**？**」をたくさん見《み》つけたかな？　それをまず、メモしておこう！

メモできたら、いよいよ読《よ》みはじめよう！　読《よ》み終《お》わったら、また会《あ》おう！

Q1 あらすじを書《か》こう！

解答例《かいとうれい》　あらすじのヒントを、説明《せつめい》の最後《さいご》に書《か》いておこう。

さて、いよいよ《あらすじ》だ。作業《さぎょう》に入《はい》る前《まえ》に、まずきみに聞《き》きたいことがある。

本《ほん》がきれいなままになっていないかな？

《はじめに》にも書《か》いてあったよね？「**きれいに読《よ》む**」**こと禁止《きんし》**！って。本《ほん》を読《よ》みながら、「**！＝感動《かんどう》のわくわく**」と「**？＝疑問《ぎもん》のもやもや**」を本《ほん》にチェックしていこう。

もう一度《いちど》書《か》くけど、ここをさぼってしまうと、よい感想文《かんそうぶん》になるどころか、「感想文《かんそうぶん》が書《か》けない」と苦《くる》しむだけになってしまう。それはNG《エヌジー》！

「めんどーだから、すぐに終《お》わらせたい！」。そんな気持《きも》ちなら、い

ったん、読《よ》むのをやめてしまおう。

外《そと》に出《で》て、深呼吸《しんこきゅう》しよう！　それで、サッカーでも散歩《さんぽ》でもしてみよう。それからまた、本《ほん》を読《よ》めばいい。

マーカーなどでチェックが終《お》わって、準備万端《じゅんびばんたん》になったら、今度《こんど》こそ《あらすじ》を書《か》いていこう。

もし、きみが今《いま》、一人《ひとり》で机《つくえ》の前《まえ》に座《すわ》って、原稿用紙《げんこうようし》を前《まえ》にしていたら、そこから脱出《だっしゅつ》しよう！

そして、「こんな話《はなし》だったんだよ！」を**聞《き》いてくれる人《ひと》を探《さが》そう**。

お母《かあ》さん、お父《とう》さん、友《とも》だち、塾《じゅく》の先生《せんせい》。きみはその人《ひと》たちに向《む》かって、「こんな話《はなし》だったんだよ！」を伝《つた》えるんだ。

では、【Q1】の最後《さいご》に、《あらすじ》のヒントをプレゼントしておこう。

とはいえ、きみとチェックした「そで」に、《あらすじ》の入口《いりぐち》は書《か》いてあったね。

あとはどんな試練《しれん》があったのか、一《ひと》つか二《ふた》つ、ぬき出《だ》しておこう。

きみの家《いえ》の近《ちか》くにも、
何《なに》かの工場《こうじょう》があるか
探《さが》してみよう。

堀田《ほった》さんの自転車《じてんしゃ》は、新聞《しんぶん》やテレビで話題《わだい》になった。でも、三十台《さんじゅうだい》ほど作《つく》ると、注文《ちゅうもん》がまったくこなくなってしまった。堀田《ほった》さんたちはその日《ひ》の食《た》べ物《もの》にも困《こま》るほどに。

もうやめようか、と思《おも》っていたとき、北海道《ほっかいどう》の男《おとこ》の子《こ》から注文《ちゅうもん》があった。

その子《こ》とくらした数日間《すうじつかん》で、堀田《ほった》さんは初心《しょしん》に戻《もど》ることができた。

Q2 注目《ちゅうもく》したところは？

―解答例《かいとうれい》―「わたしは片方《かたほう》の足《あし》が不自由《ふじゆう》で、ふつうの自転車《じてんしゃ》には乗《の》れないんですよ。でもあの自転車《じてんしゃ》なら、もう片方《かたほう》の足《あし》でふむだけで動《うご》きそうです」

「ええ、そうなんです。どちらか一《ひと》つをふむだけで、いいんです」

……「試《ため》しにちょっと乗《の》ってみてもいいですか？」

……女《おんな》の人《ひと》が乗《の》って、ペダルを片方《かたほう》の足《あし》でふむと、自転車《じてんしゃ》はスウッと動《うご》きました。まわりの子《こ》どもたちも、はくしゅしています。

……「うわあ！　まさかわたしが自転車《じてんしゃ》に乗《の》れるなんて。風《かぜ》を切《き》って走《はし》れるなんて。もう無理《むり》かとあきらめていたのに」

《！＝感動《かんどう》のわくわく》

ぼくはここに感動《かんどう》したな。

きみはどう？　まずは、きみが感動《かんどう》「！」したところを選《えら》んでみよう！

この女性《じょせい》の「感動《かんどう》」がきっかけとなって、堀田《ほった》さんのチャレンジが始《はじ》まったんだよね。

だれかの喜《よろこ》ぶ顔《かお》。それって、こちらもうれしいよね。もしかしたら、ぼくたちにとって最大《さいだい》の喜《よろこ》びって、だれかの喜《よろこ》びなのかもしれない。そう思《おも》ったよ。

《？＝疑問《ぎもん》のもやもや》

次《つぎ》は「？」。このもやもやが大事《だいじ》なんだ。ここはどうかな？

堀田《ほった》さんが小学生《しょうがくせい》のとき、家《いえ》の近《ちか》くに、いろいろな工場《こうじょう》があったそうだ。その一《ひと》つの工場《こうじょう》に、堀田《ほった》さんは小学校《しょうがっこう》からの帰《かえ》りに立《た》ちよるようになった。

こうして、工場《こうじょう》のようすを毎日《まいにち》見《み》たり聞《き》いたりしているうちに、堀田《ほった》さんは、「物作《ものづく》り」の基礎《きそ》を学《まな》んだのでした。子《こ》どものときに見《み》て覚《おぼ》えた作業《さぎょう》は、部品《ぶひん》を組《く》み立《た》てたり、金属《きんぞく》を加工《かこう》したりと単純《たんじゅん》なものばかりでしたが、それらはすべて今《いま》の自転車作《じてんしゃづく》りにつながっています。

堀田《ほった》さんの自転車《じてんしゃ》は、どれも一台《いちだい》きりのオリジナルだ。つまり、一《いち》台一台《だいいちだい》に、堀田《ほった》さんの**「創造力《そうぞうりょく》」**がひそんでいる。「ふむだけで進《すす》む」**ふみこみ式《しき》**の設計《せっけい》が基本《きほん》になっている。こんな素《す》晴《ば》らしい「創造力《そうぞうりょく》」、きみも身《み》につけたいよね？

ここで**「？」**が生《う》まれた。

堀田《ほった》さんは工場《こうじょう》で見《み》て覚《おぼ》えている。きみたちは小学生《しょうがくせい》だから、学校《がっこう》で勉強《べんきょう》しているはずだ。では、工場《こうじょう》での学習《がくしゅう》と小学校《しょうがっこう》での勉強《べんきょう》と、どんなちがいがあるんだろう？

小学校《しょうがっこう》には先生《せんせい》がいる。工場《こうじょう》には職人《しょくにん》さんがいる。学校《がっこう》の先生《せんせい》と職人《しょくにん》さんって、どんなちがいがあるんだろうか？

Q3 この本《ほん》のテーマは何《なに》？

解答例《かいとうれい》「創造力《そうぞうりょく》」「学習《がくしゅう》」「挑戦《ちょうせん》」

読書感想文《どくしょかんそうぶん》に関《かん》する誤解《ごかい》の一《ひと》つに、「正《ただ》しいことを書《か》かなければ」がある。《はじめに》にも書《か》いたけど、読書感想文《どくしょかんそうぶん》で求《もと》められるのは、**「正《ただ》しい意見《いけん》」じゃない**。

きみの体験《たいけん》だったり、きみの思《おも》いだったり、そういうのを読《よ》みたいんだ！

「読書感想文《どくしょかんそうぶん》に『テーマ』がなんで必要《ひつよう》なの？」と聞《き》かれることがある。書《か》きたいことを書《か》けばいいじゃん、ということなのだろう。

たしかに、「テーマ」を決《き》めるのは、なかなか難《むずか》しい作業《さぎょう》だ。

ここではぼくから、二《ふた》つのテーマをプレゼントしよう。きみたちと共有《きょうゆう》できそうなテーマだとは思《おも》うけど、きみ自身《じしん》のテーマがあることを、ぼくは望《のぞ》むよ。

きみは、学校《がっこう》や塾《じゅく》以外《いがい》のところで
何《なに》かを学《まな》んだことはある？

・**「創造力《そうぞうりょく》」**

一つ目《ひとめ》は**「創造力《そうぞうりょく》」**。もしくは、**「学習《がくしゅう》」**でもいいだろう。

堀田《ほった》さんの創造力《そうぞうりょく》の基礎《きそ》は、小学生時代《しょうがくせいじだい》の工場《こうじょう》での学習《がくしゅう》にあった。

ところで、きみに質問《しつもん》がある。

「学校《がっこう》や塾《じゅく》での勉強以外《べんきょういがい》に、何《なに》かを学《まな》べるところってあるかな？」

家《いえ》でもいい。おじさんのところでもいい。もしくは公園《こうえん》でも、野原《のはら》でも。

ぼくの家《いえ》の近《ちか》くには田《た》んぼがあってね。そこにはたくさんの生《い》き物《もの》がいたよ。親《おや》にねだって、顕微鏡《けんびきょう》まで買《か》ってもらって、いろんな微生物《びせいぶつ》を見《み》ていた。

あとは、家《いえ》にあった本《ほん》たち。学校《がっこう》の宿題《しゅくだい》だから、なんてものではなく、好《す》きな本《ほん》をどんどん読《よ》んでいたよ。

ぼくが今《いま》、こうしてきみたちと話《はなし》ができるのは、こんな土台《どだい》があるからだろう。

堀田《ほった》さんの学習《がくしゅう》のポイントは、そこにいたのが先生《せんせい》ではなく、職人《しょくにん》さんだったということだ。

専門家《せんもんか》のリアルな仕事《しごと》を間近《まぢか》で見続《みつづ》けること、それは勉強《べんきょう》というよりも、技《わざ》を「**身《み》につける**」ということだったんだろうね。

学校《がっこう》の勉強《べんきょう》も、もちろん大切《たいせつ》だ。頭《あたま》での理解力《りかいりょく》を向上《こうじょう》させる。と同時《どうじ》に、リアルな現場《げんば》での学習《がくしゅう》も必要《ひつよう》だ。それは頭《あたま》ではなく、「身《み》につける」学習《がくしゅう》になると思《おも》うよ。

・「**挑戦《ちょうせん》**」

挑戦《ちょうせん》ということは、楽《らく》な道《みち》ではないということだ。だれでもできる楽《らく》なことが、挑戦《ちょうせん》になるはずないからね。

失敗《しっぱい》、試練《しれん》、苦労《くろう》が挑戦《ちょうせん》にはついてくる。だから、失敗《しっぱい》したくない人《ひと》や、苦労《くろう》をしたくない人《ひと》は、挑戦《ちょうせん》を避《さ》けようとする。

そんな気持《きも》ちもわからなくもない。では、堀田《ほった》さんは、「**なぜ数々《かずかず》の苦難《くなん》を乗《の》り越《こ》え続《つづ》けられたのか**」？

こんなラストシーンだったね。

堀田《ほった》さんはこのように、さまざまな苦労《くろう》を乗《の》りこえて、自転車《じてんしゃ》を作《つく》ってきました。

しかしそのおかげで、だんだん心《こころ》が強《つよ》くなり、どんな荒波《あらなみ》も乗《の》りこえていけるようになったといいます。

……自分《じぶん》が決《き》めた道《みち》にしんけんに取《と》り組《く》み続《つづ》けた結果《けっか》、やっとその行《おこな》いが世間《せけん》からも認《みと》められるようになったのです。

お金《かね》がまったくない！　食《た》べるものもない！　子《こ》どもたちも悲《かな》しんでいる。それでもチャレンジできたのはなぜだろう？

大切《たいせつ》なのは、**「なぜその挑戦《ちょうせん》をするのか？」**だね。

Q4 この本《ほん》を読《よ》んで考《かんが》えてみたいことは？

―解答例《かいとうれい》―「挑戦《ちょうせん》、挑戦《ちょうせん》ってみんないうけれど、なぜ挑戦《ちょうせん》しなければならないのだろう？」

「挑戦《ちょうせん》し続《つづ》けられる人《ひと》と、挑戦《ちょうせん》して挫折《ざせつ》してしまう人《ひと》のちがいって、どんなところにあるのだろう？」

きみが何《なに》かに挑戦《ちょうせん》したときのことを書《か》いてみよう！

「堀田《ほった》さんのような創造力《そうぞうりょく》を身《み》につけるための学習《がくしゅう》に必要《ひつよう》なものって、何《なん》だろう？」

Q5 体験《たいけん》、あるいは比《くら》べて読《よ》んだむかし話《ばなし》は？

解答例《かいとうれい》「金太郎《きんたろう》」

読書感想文《どくしょかんそうぶん》には、きみの体験《たいけん》があったほうがいい。確《たし》かに、ぼくの生徒《せいと》たちでも、「独自《どくじ》の体験《たいけん》」を書《か》いた子《こ》どもたちが入賞《にゅうしょう》している。

でもさ、親《した》しい人《ひと》が亡《な》くなっていたり、戦争《せんそう》をしていたり、あるいは、とんでもなく遠《とお》い異国《いこく》から転入生《てんにゅうせい》が来《き》たりする課題図書《かだいとしょ》もある。「ケンカ」くらいの体験《たいけん》ならありそうだけど、そんなさ、「死《し》」や「戦争《せんそう》」「異国《いこく》からの転入生《てんにゅうせい》」なんて体験《たいけん》は、やっぱり珍《めずら》しいよね。

そこで、ぼくからのアイデアを贈《おく》ろう。むかし話《ばなし》を使《つか》って、体験《たいけん》のかわりにするんだ。特《とく》に、日本《にほん》むかし話《ばなし》なら日本人《にほんじん》の心《こころ》の読《よ》み物《もの》として、だれとでも共有《きょうゆう》できるよね。

読《よ》み比《くら》べるなら、日本《にほん》むかし話《ばなし》くらいみんなが知《し》っているものにしよう。

『風《かぜ》を切《き》って走《はし》りたい！』との読《よ》み比《くら》べにオススメなむかし話《ばなし》。

それは、「**金太郎**《きんたろう》」だ！

もう、だれもが知《し》っているこのむかし話《ばなし》には、「挑戦《ちょうせん》」「学習《がくしゅう》」と「創造力《そうぞうりょく》」の秘《ひ》けつがあるんだよ！

まず、金太郎《きんたろう》にとっての先生《せんせい》はだれなのか？　山《やま》の動物《どうぶつ》たちだ。山《やま》の動物《どうぶつ》たちには、先生《せんせい》という側面《そくめん》と、友《とも》だちという側面《そくめん》もあった。で、彼《かれ》らと幼《おさな》いころからやっていたことが、すもうとかけっこだ。

さて、そんな金太郎《きんたろう》にも試練《しれん》があるよ！　がけにかかっていた橋《はし》が嵐《あらし》で落《お》ちてしまっている！　金太郎《きんたろう》、どうする？

そして、暴《あば》れん坊《ぼう》のクマが現《あらわ》れたぞ！　金太郎《きんたろう》、どうする？

Q6　きみの意見《いけん》は何《なに》？

解答例《かいとうれい》　「世間的《せけんてき》な挑戦《ちょうせん》と、堀田《ほった》さんの挑戦《ちょうせん》にはちがいがある。よく

いわれる挑戦《ちょうせん》は、自分《じぶん》のためにすることだ。

一方《いっぽう》、堀田《ほった》さんの挑戦《ちょうせん》には、そのスタートに『風《かぜ》を切《き》って走《はし》れた！』という女性《じょせい》の笑顔《えがお》と、その後《ご》も出会《であ》い続《つづ》けた人《ひと》たちの笑顔《えがお》があった。

堀田《ほった》さんは、自分《じぶん》のためではなく、彼《かれ》らのために挑戦《ちょうせん》し続《つづ》けたのだ。

自分《じぶん》のための挑戦《ちょうせん》なら、きっと一度《いちど》や二度《にど》の失敗《しっぱい》でくじけてしまうだろう。でも、その挑戦《ちょうせん》が自分以外《じぶんいがい》のだれかの喜《よろこ》びのためだったら？

真《しん》の挑戦《ちょうせん》とは、自分《じぶん》のためではなく、人《ひと》のためにするものなのだ」


さて、最後《さいご》の一歩《いっぽ》。それは、**Q4**【この本《ほん》を読《よ》んで考《かんが》えてみたいことは？】への、きみの答《こた》えだ。きみの意見《いけん》だ。

でも、ここで「正《ただ》しい答《こた》え」を書《か》こうとしないで。お母《かあ》さんやお父《とう》さんと話《はなし》をしながら、きみが出《だ》した答《こた》え、それがおもしろいんだからね！

著者紹介
大竹　稽（おおたけ・けい）
教育者、哲学者。
自律型勉強で学力・思考力・人間力向上を約束する思考塾（横浜市菊名）塾長。
1970年愛知県生まれ。旭丘高校から東京大学理科三類に入学。5年後、医学に疑問を感じ退学。30代後半で、再度、東京大学大学院に入学する。そこではフランス思想を研究。大学院では、カミュ、サルトル、バタイユら実存の思想家、バルトやデリダらの構造主義者、そしてモンテーニュやパスカルらのモラリストを研究した。編著書に、『超訳モンテーニュ』『賢者の智慧の書』（どちらもディスカヴァー）などがある。
思考塾 HP　https://shikoujuku.jp/

読書感想文書き方ドリル 2020

発行日　2020年　6月20日　第1刷

Author　大竹　稽

Book Designer　辻中浩一　小池万友美　吉田帆波（有限会社ウフ）
Illustrator　フジイイクコ

Publication　株式会社ディスカヴァー・トゥエンティワン
〒102-0093　東京都千代田区平河町 2-16-1 平河町森タワー 11F
TEL　03-3237-8321（代表）　03-3237-8345（営業）
FAX　03-3237-8323
http://www.d21.co.jp

Publisher　谷口奈緒美
Editor　三谷祐一

Publishing Company
蛯原昇　梅本翔太　千葉正幸　古矢薫　青木翔平　志摩麻衣　大竹朝子　小木曽礼丈　小田孝文　小山怜那　川島理　川本寛子　越野志絵良　佐竹祐哉　佐藤淳基　佐藤昌幸　竹内大貴　滝口景太郎　直林実咲　野村美空　橋本莉奈　原典宏　廣内悠理　三角真穂　宮田有利子　渡辺基志　井澤徳子　藤井かおり　藤井多穂子　町田加奈子

Digital Commerce Company
谷口奈緒美　飯田智樹　大山聡子　安永智洋　岡本典子　早水真吾　三輪真也　磯部隆　伊東佑真　王廳　倉田華　小石亜季　榊原僚　佐々木玲奈　佐藤サラ圭　庄司知世　杉田彰子　高橋雛乃　辰巳佳衣　谷中卓　中島俊平　西川なつか　野﨑竜海　野中保奈美　林拓馬　林秀樹　牧野類　元木優子　安永姫菜　中澤泰宏

Business Solution Company
蛯原昇　志摩晃司　野村美紀　藤田浩芳　南健一

Business Platform Group
大星多聞　小関勝則　堀部直人　小田木もも　斎藤悠人　山中麻吏　福田章平　伊藤香　葛目美枝子　鈴木洋子

Company Design Group
松原史与志　井筒浩　井上竜之介　岡村浩明　奥田千晶　田中亜紀　福永友紀　山田諭志　池田望　石光まゆ子　石橋佐知子　齋藤朋子　俵敬子　丸山香織　宮崎陽子

Proofreader　文字工房燦光
DTP　朝日メディアインターナショナル株式会社
Printing　シナノ印刷株式会社

ISBN978-4-7993-2618-3